문학동네시인선 001~199 시인의 말 모음집
내가 아직 쓰지 않은 것

일러두기

이 책의 제목은 윤성학 시집 『쌍칼이라 불러다오』 시인의 말(60쪽)에서 따왔다.

문학동네시인선 001~199 시인의 말 모음집

내가 아직 쓰지 않은 것

차례

1부 시의 안팎

2부 그 소리를 따라 여기까지 왔다

3부 하고 싶은 말에 거의 다 도달했을 때

4부 손에서 손으로 열리는 것

1부

시의 안팎

얼마 전 나사(NASA)는 비소(As)를 먹고 생존하는 새로운 생명체의 존재를 발표했다. 비소를 먹고 사는 놈이 있다니! 나는 그놈도 한 영물(靈物)이라고 생각한다. 어쩌면 텅 빈 채 죽은 것처럼 보이는 허공이야말로 크고 작은 모든 영물들의 어머니로서, 수도 없이 많은 영물들을 낳고 그들의 진화와 생멸을 주도해온 주인공인지도 모른다.

독자들에게 좀 생경할 수도 있는 이번 시집은 그동안 쓴 나의 시들을 되비치어보는 과정에서 생겨난 것으로 일종의 문체연습 같은 것이라고 할 수 있다. 비소를 먹고 사는 그림자 생명체가 있듯이, 낱말이나 이미지를 먹고 자라나는 언어 생명체도 있을 것이다. 나는 그들을 아메바(amoeba)라고 불러본다.

2010년 겨울
최승호

심장은 뛰는 것만으로도 인간의 가장 뜨거운 성기가 된다. 그곳에서 가장 아픈 아이들이 태어난다. 그런데 그 심장이 차가워질 때 아이들은 어디로 가서 태어날 별을 찾을까.

아직은 뛰고 있는 차가운 심장을 위하여 아주 오래된 노래를 불러주고 싶었다.

옛 노래들은 뜨겁고 옛 노래들은 비장하고 옛 노래들은 서러워서 냉소적인 모든 세계의 시간을 자연신의 만신전 앞으로 데리고 갈 것 같기에, 좋은 노래는 옛 노래의 영혼이라는 혀를 가지고 있을 것 같기에, 새로 시작된 세기 속에 한사코 떠오르는 얼음벽, 그 앞에 서서 옛적처럼 목이 쉬어가면서도 임을 부르는 곡을 해야겠다 싶었기에, 시경의 시간 속에서 울었던 옛 가수들을 위하여 잘 익어 서러운 술을 올리고 싶었기에.

2010년 겨울

허수경

내 시의 안팎이
풍경만이 아니고
상처의 안팎이기도 했으면 좋겠습니다.
그리하여
내 시가 때로 상처의 무늬와 겹쳐진
오래된 얼룩이었으면 합니다.

새 식구 현진이(남, 31세)와 뿡이의 웃음이
시리도록 눈부시다는 것도 덧붙입니다.

2010년 빗소리 속에서
송재학

책을 끝내는 것은 아이를 뒤뜰로 데려가 총으로 쏴버리는 것과 같아, 카포티가 말했습니다. **은둔자는 늙어가면서 악마가 되지,** 뒤샹이 말했습니다. **웃다가 죽은 해골들은 웃어서 죽음을 미치게 한다네,** 내가 말했습니다.

종이가 찢어질 정도로 훌륭한 시를, 용서할 수 없을 정도로 잘 쓰고 싶었습니다.

2011년 이 시집을 읽어주시는 분들께,

김언희

눈을 감으면 불 꺼진 중환자실 한켠 내 어깨에 머리를 기댄 채 조용히 눈을 감은 그가 보인다. 그 어둠 속에서, 나는 다만 고개를 떨구고 그가 숨을 멈출 때까지 그를 기다렸다. 그 기다림이, 그 어둠이, 나는 무서웠다. 그러나 이제는 알아야 한다. 내가 그를 기다린 것이 아니라, 그가 나를 기다렸다는 것을. 그 기다림이, 그 어둠이, 나를 지금껏 살려내고 있는 것임을. 이 참혹하고 그 어떤 동정심도 없는 세상 속에서 더이상 시인이란 나에게 없었다. 그러므로 세상에 시란 존재하지 않는 어떤 불가능이다. 내가 존재하지 않는 시를 쓰는 것은 오직 강해지기 위해서였다. 그 기다림을, 그 어둠을, 나는 차마 용서할 수 없었다.

이 첫 시집을, 그에게 바친다.

2011년, 제국에서 한철을 보내며
조인호

산 첩첩하고 물 중중한 강원도 오지에서 자랄 때, 집 뒤에 대처승 가족이 살던 움막 같은 집이 한 채 엎드려 있었다. 그리고 그 집과 우리 집 사이에는 내가 좋아하던 심배나무 한 그루가 서 있었다. 그 대처승에게는 올망졸망한 자식들이 줄줄이 달려 있었고, 마당 가득 가난이 널려 있었다.

대처승은 늘 아침 일찍 마당에 나와 무연하게 먼 산을 바라보곤 했다. 나는 심배를 주우며, 입안 가득 침이 넘치도록 신 심배를 먹으며 그 모습을 오래도록 지켜보곤 했다. 그 이후 나는 삶이 턱없이 남루해 보일 때면 심배나무 아래 나를 세워놓고 그 텅 빈 마당을 떠올리곤 했다.

첩첩한 산 너머, 중중한 물 건너 무엇이 있으랴만, 이 삶의 오지에서 시 아니면 또 달리 무엇을 구하겠는가. 서러운 자식 같은 시들을 마당 가득 널어놓고 보니, 지금까지 이어온 내 삶이 먼 산에 가닿던 그 무연함과 이를 바라보며 삼키던 심배의 그 징한 신맛 사이를 오간 것이 아니었는가 싶다. 물론 시도 그러했을 것이다.

2011년 7월
이홍섭

구 년 만에 만난 로스는 수염이 하얘졌다.

"머리도 자세히 보면 반백이야" 하고 말했을 때, 일 년 내내 눈이라고는 오지 않던 도시에 쏟아진 폭설은 저녁부터 내린 비에 조금씩 녹고 있었다.

일요일 저녁이었다. 시내에는 크리스마스 불빛이 쏟아졌다. 나는 마치 거기서 계속 살았던 것처럼 길을 묻지 않았다. 그는 이제 더이상 선생이 아니었고, 한국인 애인과 헤어진 지 칠 개월이 막 지났고, 그가 여자를 사랑하지 않는다는 것을 알면서도 구 년째 한집에서 살기를 고집하고 있는 수전과 부엌을 나눠 쓰고 있었고, 여전히 외롭지 않으려고 일부러 바빴다. 바쁘려고 그는 드라마를 쓰기 시작했다. 복사와 사랑에 빠진 게이 청년의 이야기다.

"사십 년 만에 성당에 갔어."

그는 신부에게 당한 적이 있다. 보이스카우트 캠프에서.

"하지만 이제 내 꿈은 사제가 되는 거지."

"이상해! 하지만 어울려!"

그가 허위허위 베네딕트 수녀회의 수도원을 찾아가 문을 두드렸을 때 뉴욕 출신의 깐깐한 수녀는 그를 맞아들이고는 아래위를 훑어보았다.

"수녀님, 술을 마시는 것은 죄악입니까"

"죄악이지, 암!"

"담배를 태우는 것은요"

"그것도 죄악이지, 암!"

"문신은요?"

"문신한 자들은 지옥 불에 훨훨 타지, 암!"

"……전, ……전, 죽어야겠군요."

"알면 됐어!"

우리는 웃었다.

그의 쓸쓸하고 푸른 눈 깊숙이 평안이 고여 있었다. 빗줄기가 거세어지고 있었다.

"걱정 마. 내가 우산을 가지고 왔거든."

하지만 가방 속에는 시집만 들어 있었다. 나는 우산 대신 시집을 그에게 주었다. 『Enough to Say It's Far』.

"괜찮아. 좀 늙긴 했지만, 너처럼 하루에 한 갑씩 담배를 태우진 않으니까."

우리는 또 웃었다.

그는 애리조나에서 미성년자 포르노를 보다가 밴쿠버로 도망와 경찰에 잡힌, 텍사스 출신의 차이니즈 재패니즈 소년의 친구 이야기를 해주었다.

"장당 십 년이래. 그는 육십 년 후에 출감한다."

우리는 자꾸만 웃었다.

비가 내리는데도, 숙소로 돌아오는 길은 여전히 눈이 쌓인 채여서 우리는 우회로를 찾아야만 했다.

"기억해줘. 내가 널 사랑한다는 거."

그는 조금 울고 있었나. 사람들은 섬에서 아직 돌아오지 않았고, 나는 방안에서 그의 말들을 찬찬히 되새기고 있었다. 신부가 되기로 결심한 중년의 게이를 위해 나는 몇 년 만에 기도를 했다.

이 상처받은 어린 짐승들을 보살펴주소서.
그가 집으로 가는 길에 울지 않게 하소서.
아니, 그저 울음을 참지 않게 하소서.

2011년 7월
정한아

올해로 마음 다섯이 되었습니다.
제게 있어 시는 다섯 개의 마음 중에 몇 번째
마음인지 곰곰이 생각해봅니다.

시를 쓰면서 고통스러웠던 밤보다
별처럼 반짝 충만했던 기억이 더 많았기에

이렇게 주변의 도움으로 네번째 시집을
묶게 되었습니다.

변변찮은 시인의 꼬리가 너무 길어지지는
않았는지 자꾸 뒤돌아보게 되는 요즘입니다.

2011년 7월
성미정

더디게 말의 관절을 맞춰왔습니다.

여기에 실린 글들은 차라리 사람이 아닌 것이 되고 싶었던 시절의 흔적들입니다.

*

시를 쓰지 않았더라면, 담배를 덜 피웠을 것이고 술도 덜 마셨을 것이고 돈은 조금 더 많이 벌었을 겁니다.

*

한 해 한 해 지날수록 새롭게 느끼게 되는 감정들이 있습니다.

첫 시집을 내며 허허롭다는 감정을 배웠습니다.

*

읽고 쓰면서 인생을 버려가는 법만 배울까 두려웠던 적이 있습니다. 그리고 그 두려움마저 즐거웠던 적이 있습니다.

*

시인으로서의 이름을 지어준 나의 연인과

몇 명의 얼굴을 떠올려봅니다.

*

좋은 시인이 되는 것은 좋은 아들이 되는 것과 동의어가 아니기에,

늙어가는 부모님께, 죄송한 시집입니다.

*

2011년 9월

김안

축제의 날들 위에서 당신은 눈물을 흘린다. 축제는 풍요롭고 행복하지만 당신은 축제의 행렬 밖에 놓인 죽음을 목도하고 어느새 경악한다. 죽음은 거리와 놀이공원, 국경과 가자(Gaza), 어느 곳에나 즐비하다. 그러나 정작 죽음은 두려움의 대상이 아닐지도 모른다. 진열된 죽음 앞에 무감각한 모든 일상이야말로 두려움의 대상이다. 이 시집에는 개인적으로 인연이 있는 두 개의 죽음이 담겨 있다. 「산청」과 「송성일」이 그것이다. 그들의 명복을 빈다.

2011년 가을
조동범

필경사(筆耕士)의 두번째 하루가 이렇게 저물어갑니다. 이 시집의 시들을 쓰는 동안 일개 필경사로서 짐짓 쾌활한 척도 해보았지만 제 글씨는 아마도 심하게 흔들리고 있었으리라고 생각합니다. 우울한 것을 감추지 못했다고나 할까. 역사에, 사회에, 어떤 영성적인 것에 저 자신을 결속해놓지 않고서는 존재 자체가 흩어져버릴 것 같은 불안 속에서 살았습니다. 제법 휘청거렸지만, 다시 중심을 잡고 걸었습니다. 시집을 묶으면서 새삼 깨닫게 됩니다. 이 두번째의 하루도 역시 끝이 아니구나. 안도의 눈물이 앞을 가립니다. 이제 이 밭〔耕〕 위에서의 넋두리도 길 위의 어느 이름 없는 돌멩이 밑에 놓아두고, 새로운 종이와 만년필을 챙겨 내일을 향해 다시 떠날 시간입니다.

2011년 가을

장이지

누군가
이 시집을
별 좋은 곳에 묻어주세요.

꼭 나처럼,

윤진화

내 시(詩)는
수만 장의 나뭇잎처럼 자잘할 것.
소소한 바람에도 필히 흔들릴 것.
그러나 목숨 같지 않을 것.
나무 같을 것.
또한 나무 같지 않아서 당신에게 갈 것.
입이 없을 것. 입이 없으므로
끝끝내 당신으로부터 버려질 것.

세월이란 것이 겨우 몇 개의 목차로 요약된다는 것을 미리 알았다면 아마도 이 책의 대부분은 씌어지지 않았을 것이다. 탕진의 그 방대한 여백만이 시의 몸이 되었으니 지금 더듬을 수 없는 것만이 다시 희망이 될 것이다.

시를 써오는 동안, 내가 바란 것이 있다면 더이상 시를 쓰지 않고도 견딜 수 있는 아름다운 날을 살아보는 것이었다.

그런 날 만나고 싶은 착한 당신들과
천기태 교수, 김창옥 여사께 나의 첫 시집을 바친다.

2011년 겨울
천서봉

인간의 혀는 왜 새빨갛지? 그래서 새빨간 거짓말이 된 걸까? 그럼 시퍼런 진실이란 말은? 물고기가 죽어서도 눈을 감지 못하는 건 그들에게 혀가 없기 때문이 아닐까?

2011년 11월
김형술

1.

마침 몸살이 와서 발은 만져보니 차디찬데 이마는 뜨겁다. 그 사이 몸뚱어리 전체는 속닥거린다. 지치긴 했어도 아픈 지경까진 오래간만이어서 찡그린 채 껌뻑거리며 누워 있으려니 회고의 길목이다. 아픔은 회고주의자로 몰게 마련이고 병은 때아닌 종교를 붙들게도 하는 게 이치라면 이치겠다.

뭐니 뭐니 해도 내 생에서 시경(詩境)으로 출타한 것이 인생의 큰일이었구나 하는 생각을 뭉뚱그려 제쳐놓는다. 하, 그게 스물다섯 해가 되었다니! 뭐 밥그릇 수를 밝혀서 미담 제조를 하려는 맘은 추호도 없으나 그간 건너온 징검돌들의 면모가 떠오르는 것도 어쩔 수가 없다. 간신히 바닥에 발붙인 돌멕들이 지금껏 내 걸음걸이의 무게는 겨우 견뎠으나 다시금 되돌아가자면 그만 부스러지고 말 것만 같다. 천상 저편으로나 하나씩 더 놓으며 가야 하리. 만해가 한겨울 널따란 냇물을 맨발로 건너며 중간에서 이도 저도 할 수 없었다던 고초 이야기도 생각난다.

다 몸뚱어리가 쑥떡거리는 내용들이다.

나는 아직 어느 경계 안으로도 들어서지 못했다.
하긴, 출타는 들어서는 게 아니니까.
다행이다. 아프다.

2.

이렇게, 선(線) 하나를

긋고,

나는…… 나를…… 느끼고 싶다.

—인제 만해마을 서창(西窓) 아래 엎드려,

장석남 識

고맙다 고맙다
나를 허락해줘서,

고맙다 고맙다
당신의 발치에서
울게 해줘서,

2012년 봄
임현정

내가 제일 듣기 싫었던 말은 시는 이러해야 한다는 강요와 청소하라는 압박이다. 그러나 여기 펴 부린 하나의 난삽한 형식은 그 반작용 때문이 아니다. 나에게 시는 그렇게 다가왔고 이렇게 새어나와 바닥을 적셨다. 청소하기 싫었다.

어둠이 70퍼센트의 농도로 공간을 점령한 이른 밤, 담담하게 바라보는 치우지 않은 방과 책상은 어떤 문명이 남긴 미학적 폐허로 다가왔다. 그러나 이것도 난삽의 이유는 아니다.

솔직히 말하자. 나를 둘러싼 시공간이 속삭인 것을, 소용돌이치면서 내게 각인한 것을 그대로 옮겼을 뿐이다. 그러나 누구는 청소하라는 외침 뒤를 메우는 작은 메아리에 대한 오해라고 했고 반(反) 청소적 심리 상태가 만드는 환청이라고도 했다.

어둠이 30퍼센트로 희석된 이른 아침, 책상은 더께 앉은 화석이다. 청소가 훼손일 때도 있다는 핑계가 얼마나 타당한지 따져보는 일은 다시 미룬다. 청소하기 싫다.

2012년 3월
김병호

옛날 인간에게 노래가 없던 시절

하늘에 있는 나무의 씨앗을 훔친 죄로

여러 가지 어려움을 겪은 끝에

시를 얻게 되었다는 한 부족의 신화

내 안의 신에게 첫 노래를 전한다.

2012년 3월
이은규

어릴 때
시인이 되면
사랑한다는 말을 많이 하며 살 수 있을 거라
믿었다.
아직 하지 못한 일
지금 시인이 되고 싶은 이유

열두 겹의 자정을 지나
이 말을 박고 싶다.
부모님 선생님 친구들에게
기억과 망각에게
그리고
당신에게

2012년 5월
김경후

투명과 불투명의 사이, 명징함과 모호함의 경계쯤에 시를 두고 싶었으나 뜻대로 잘 되지 않았다. 개판 같은 세상을 개판이라고 말하지 않은 미적 형식을 얻고 싶었으나 여의치 않았다. 말과 문체를 갱신해 또다른 시적인 것을 찾고자 하였으나 그 소출이 도무지 형편없다. 저 들판은 초록인데, 나는 붉은 눈으로 운다.

2012년 5월
안도현

말 대신 살을 뱉는 시간이 많아졌기 때문일 것이다. 마침내 급소가 생겼다. 종잇장 위에 쪼그리고 앉아 쭈뼛쭈뼛 비가 들이치기를 기다린다. 그러니까 내가 가진 눈물은 무릎이 툭, 튀어나온 바지라고 쓴다. 요즘은 구름이 너무 자주 얼굴을 만지러 온다. 내 하나뿐인 딸에게 이 시집을 바친다.

2012년 여름
김륭

코흐곡선 해안을 걷고 있다
벼랑 끝 하늘로 물고기들은 헤엄쳐 오르고
죽은 자들의 숨이고 육체였던 저 투명한 대기 속에서
빛이 제 눈을 검게 태우고 있다
제로(0)인 너와
제로(0)인 내가 만나
무한(∞)이 되었다가 더 큰 제로(0)로 되돌아가는
아름답고 비정한 원(Circle)의 우주
그것이 그대로 삶이고 죽음이고 사랑인 시
세계는
제로(0)와 무한(∞) 사이에서 녹고 있는 눈사람(8)
자신의 부재를 자신의 몸 전체로 목격하고 기억하기 위해
눈동자부터 녹아내리는
진행형 물질
우린, 죽음으로부터 같은 거리에 있는
점들의 집합

2012년 6월
함기석

우리는 상처를 만드는 사람이면서
치유에 대해 이야기하고
상처를 받은 사람이면서
자신을 힐난하는 데 그토록 많은 시간을 바친다.

징후와 예후만으로 이루어진
위독의 자리마다
모든 과장과 생략과 시치미.

진짜 같은, 의 핵심은 같은인데
진짜 같은 공포와 피로가
살갗에 제 발자국을 마구 찍는데
진짜는 없고 발자국만 있다.

위독의 자리,
훌륭한 칼잡이가 된다는 것,
훌륭한 칼놀림이란
죽이면서 또한 구하는 것.

그것이 위로가 될 수 있을까?

2012년 여름
이현승

나는 내가 없는 곳으로 갈 것이다.

2012년 여름
서대경

그 눈이 빨갛다.

지독한 비에 모든 것이 쓸려갔다. 산청에서 올라왔다던 그 비구니는 아직도 비구니일까. 나면서부터 비구니였다는 그 여자는 아직도 비구니일까. 지하철 순환선을 탈 때는 신발을 머리에 이고 타야 된다는 비구들의 농에 정말 그렇게 해서 2호선을 몇 번이나 순회하고 고려대장경 연구소까지 찾아왔다는 그 비구니는 흥분하여 수다를 떠는데 눈이 빨개져 있었다.

지독한 비에 모든 것이 쓸려갔다.

한강 둔치 아산병원과 천호대교 중간 지점에 어린 백로 한 마리가 산책로에 나와 있다. 사람이 두려운 것 같지 않다. 어디론가 날아가버린 부모나 물에 휩쓸려간 둥지를 찾는 것도 아닌 것 같다. 산책로 한쪽에서 다른 한쪽까지 왕복하는 그는 노란 발을 머리에 이고 있다. 조용한 몸에 눈이 빨갛다.

노출된 반복은 눈에 들지 않는다.

TV를 보거나 인터넷을 하거나 아이를 학원에 데려다주고 데리고 오는 일들…… 그 반복과 순환의 코드 중간중간에 잠시 들락거리는 것들이 있다. 형체를 알 수 없는 것들이 들어왔다가 그냥 형체를 남기지 않고 사라진다. 두려움이라는 욕망도, 뭘 하고 싶다는 욕망도 아닌 어떤 허상 같은 게 남겨

질 뿐이다. 아무렇지도 않게 살고 있지만 내 가슴은 빨갛다.

2012년 9월

장대송

해수욕을 하고 돌아오는 길에
들판을 지나 걷는다.
아주 단순하게
끝없이 걸어가는 일.

등신대(等身大)로 살아간다는 것.
평평하다는 건 그런 걸까.

2012년 9월
김이강

입을 다문다. 입속으로 무엇이 고이고 빠져나간다, 계속.

꼭 다문 꽃봉오리를 벌려보면 규칙적으로 접혀 있는 꽃잎들.

알 수 없는 순간에 형식을 만들고 형식을 부수며 꽃이 핀다.

꽃이 진다.

2012년 9월

조말선

꽃은 자신이 왜 피는지 모른다.
모르고 핀다.

아버지는 戰場이었다.
나는 그가 뽑아 든 무딘 칼.
그는 나를 사용할 줄 몰랐으므로
나는 빛나려다, 말았다.

56년 동안 '蘭中日記'를 써오다
지난 가을 잠드신
나의 아버지께 삼가, 시집을 바친다.

2012년 가을
박연준

안녕?
용기를 가져.

2012년 10월
沃

밥 먹이고
옷 입히고
반짝이는 머리핀 두 개쯤 꽂아주고
붉은 네 손목을 잡고 아주 오래도록 걷고 싶었다
.
폐허 속으로
들어온
천진난만
나는 줄 게 아무것도 없어서
너
즐겁게
노는 동안
폐허로 살아낼 수 있었던 것
.
정직하게 울었고
맨드라미가 피었다.
그랬단다, 아가야
솔아

2012년 가을
이승희

가을, 나직하게 옷 속으로 스며드는 햇살은 여전하구나
이곳에 온전히 돌아왔다는 사실에 눈물이 나
절름발이가 되었고
허리도 굽었지만

혀도 잘리지 않았고
발가락도 그대로이니
충분해
이십 번 절망해도 한 번 사랑할 수 있으니

프리패스,
이 제국의 프리패스를 쥐고 있었으나
돌아오지 못했지
바람 속 0.5그램 먼지 같은 이야기만 만든 채

때때로 구설을 자초했고 헛된 말들의 씁쓸함에 부끄러웠지만
아직도 정착이란 단어를 몰라서
사막의 아침에는 신발 속 전갈부터 털어내라는 말밖에 못하지만
왜 그 바다에 와서 고래가 죽는지 아직도 모른다고 털어놓지만

그래, 우리 모두 가지고 있는

늦겨울 들불에 충실했을 뿐
두터워진 손껍질과 느린 발걸음으로 여기 돌아왔지만
많은 걸 태운 뒤
응시를 알게 됐지

언덕 끝까지 이어지는 길
돌 하나
모든 곳에 함께 있었던 하늘

그래서 지금, 여기 모두들
있어줘서

고마워

2012년 11월
트렁크에 담아온 편지

나도 당신처럼 한번 아름다워보자고 시작한 일이 이렇게나 멀리 흘렀다. 내가 살아 있어서 만날 수 없는 당신이 저 세상에 살고 있다. 물론 이 세상에도 두엇쯤 당신이 있다. 만나면 몇 번이고 미안하다고 말하고 싶다.

2012년 12월
박준

라일락을 쏟았다
올겨울, 눈과 나비가 뒤섞여 내리겠다

2012년 12월
박지웅

6년 만에 시집을 묶는다. 아홉번째 시집이다.

부서진 세계 속을 더듬더듬 나아왔다. 수도꼭지를 들고 다닌다고 물이 나오는 게 아니듯 희망을 희망하는 게 너무 외로웠다. 영혼을 지키기 위해선 가끔은 풍자의 편을 들기도 하였다.

폐허에서 쓰러지기 직전에 가끔은 말의 에피파니(epiphany)를 꿈꾸기도 했다. 신은 시인에게 언어와 언어의 꿈을 주었기에. 결국은 말의 에피파니가 부서진 세계와 영혼의 병을 구원하는 것일까? 거기에 그리움이 있었고, 희망의 빈혈로 너무 아플 때면 우리말을 부여잡고 우리말에 기대어 울어보기도 했다.

간신히, 희망!
정말 희망은 우리에게 마지막 여권, 뿌리칠 수 없는 종신형인가보다.

2012년 12월
김승희

원더걸스, 소녀시대, 카라의 출현은
오랫동안 억눌려왔던 육체가
정신의 귀싸대기를 때린 것이다
정신에 대한 앙갚음
이제 정신을 거부한 육체들의 향연은
무작위, 무분별, 무질서의 형태로
광범위하며 자본주의의 충만한 신체에 붙어
나풀댄다
들로 산으로 꽃을 찾아 날아야 할
꿀벌이
꿀단지 속에 빠져버린 격
여전히 정신은 정신이 없다
깊은 반성은 없이
오직 아버지가 되겠다는 외침들뿐!

이런들 저런들—
에서, 나는 시를 쓴다
에서, 나의 시는 쓰다

단 한 번만이라도 틀어쥔 고삐 놓고 말이 이끄는 길 따라갈 수 있다면. 다다를 수 없는 그곳에서 제대로 한번 실패할 수 있다면.

부끄럽지만, 이 부끄러움 위에서 더 지독한 부끄러움을 찾아보려 한다.

2013년 봄
장옥관

허공에게 바치는 시를 쓰고 싶은 밤이다. 비어 있는 듯하나 가득한 허공을 위하여. 허공의 공허와 허공의 아우성과 허공의 피흘림과 허공의 광기와 허공의 침묵을 위하여…… 그리하여 언젠가 내가 들어가 쉴 최소한의 공간이나마 허락받기 위하여…… 소멸에 대해 생각해보는 밤이다. 소멸 이후에 대해, 그 이후의 이후에 대해…… 구름이란 것, 허공이 내지른 한숨…… 그 한숨에 내 한숨을 보태는 밤이다.

2012년 1월 16일 밤 10시 25분
김충규

어떤 날에는 손바닥에 그려진 실금들 중 하나를 골라 무작정 따라가고 싶었다. 동요하고 싶었다. 가장 가벼운 낱말들만으로 가장 무거운 시를 쓰고 싶었다. 그 반대도 상관없었다. 낱말의 무게를 잴 수 있는 저울을 갖고 싶었다. 어떤 날에는 알록달록한 낱말들로 무채색의 시를 쓰는 꿈을 꿨다. 그림자처럼 평면 위에서 입체적으로 움직이고 싶었다. 한동안 내가 몰두한 건 이런 것들이었다. 입 벌리는 일을 조금 줄이고, 귀 기울이는 일을 조금 늘렸다. 귀를 벌리면 나비떼, 입을 기울이면 나이테. 터지고 있었다. 아무것이, 아무것도, 아무것이나. 머리, 가슴, 배로 이루어진, 동요하는 어떤 낱말이. 그러고도 한번 더 동요하는 어떤 마음이.

돌아오는 길에는,
으레 영혼을 삶는 장면을 상상한다. 어쩔 수 없이 아름답다.

2013년 봄의 어떤 날
오은

봄날이 되어도 나타나지 않는 사람들을 위해
꽃다발 한목숨 바치는 것으로 될까!

훗날 훗사람을 위해
우리들 다 바치는 것으로 될까!

그래도, 그러는 사이에도
한세상 또 한세상
말없이 누구나 단풍 들고 낙엽 지고
말없이 봄볕 들고 새순 돋는다는 다정한 말,
나는 믿는다!

첫 울음소리 다시 들리는 날들이다.

2013년 4월
이사라

당신이라는 이름의 수많은 가능성 또는 불가능성들.
그리하여 시의 적절함에 대해
시옷에 대해
묻지 않고 오래 생각했다.
아무에게도 묻지 않고 혼자 오래 생각해
기어이 틀린 답을 구하는 어리석은 산수였다.

식물원에서 나무화석을 만져본다.
모든 시는 나무로부터 오는 것,
화석이 되어서라도 이 지구에 남을 수 있을까.
두번째 첫 시집이라고 말해본다.
내가 아직 쓰지 않은 것들이 그립다.

2013년 5월
윤성학

가시엉겅퀴즙
머리카락
바비 립 에센스
죽은 토끼
코코넛 파우더

샤라랑
샤라랑

2013년 5월
박상수

그의 날개는 결코 작지 않았다
나의 두 가슴만했다

숨을 모으고 그리고 거두어가도
그의 시의 여행은 여기까지이다

나의 두 날개는
그의 가슴속 하늘을 날고 있다

또 한번 이 시집으로 나는
그 오후에 죽는다

2013년 5월 지평(砥平)에서
고형렬

휴일에 만들어진 맥주는 불량이 많다고 한다.
내 시의 대부분은 휴일에 씌어졌다.

2013년 5월
리산

목숨을 바치라는 친밀한 권유
시의 은혜를 느낀다

2013년 6월
손월언

돌아올 수 없는 추억은 아름답다
그런 추억일수록
현실을 누추하게 관통해야 한다
모든 기억은 추억으로 죽어가면서
화려해지기 때문이다

2013년 6월
윤성택

오래 묵은 시들을 내보낸다.
더이상 세상에 없는 사람들이 웃고 있는
구한말 흑백사진을 보는 느낌이다.
많은 일들이 있었지만
있어야 할 일들은 생기지 않았다.
사랑하던 사람 둘이
앞서거니 뒤서거니 세상을 떴고
좋아하던 사람들은 하나둘 미쳐갔다.
그사이 이 땅의 대기(大氣)가 달라졌다.
팽팽하던 마음의 현(絃)이 꼬일 대로 꼬여서
끊어지기 직전이다.

생각했던 것보다 모진 삶을 쳐다보며
그래도 깔깔거릴 수 있는 건
피 한 방울 섞이지 않은,
하여 가장 소중한 나의 가족
봉순과 니체,
풀냄새 나는 것들 앞에선
여지없이 녹아내리고 마는
아내 덕분이다.
사랑한다.

2013년 9월
조영석

제 안의 물기를

다 토해버린 나무,

잎이 강을 잃었다.

아직 두려운 게

많아 나무는

허공인 줄 알면서도

자꾸 팔을 뻗는다.

끝내, 저에게 가

닿을 수 있기를……

2013년 가을
이향

어깨에 고장이 생겨서, 한쪽 팔을 잘 쓰지 못한다. 당연히 다른 한쪽이 수고가 많다. 일 없는 이쪽 팔은 하릴없이 두 곱의 일을 떠안게 된 저쪽에 미안해서, 숨도 몰래 쉬는 눈치다. 가만히 매달려 있다.

팔이 둘인 것이 새삼 고맙다. 양팔이 날개가 아닌 것이, 내가 조류가 아닌 것이 다행스럽다.

어떤 시간이 와도 시절을 탓하지 않고, 어떤 세상이 와도 공밥은 먹지 않게 되기를 바랄 뿐이다.

내 시는 조화와 평화를 꿈꾼다.

2013년 12월
윤제림

쉰 살 무렵 내가 나에게 쥐여준 작은 꽃다발이었다, 몽골. 여러 해 내 안에 가두어두었던 그들을 그만 돌려보낸다.

잘 가거라. 다시는 다른 아침, 다른 하늘을 그리워하지 않으리라.

2013년 12월

박태일

2부

그 소리를 따라 여기까지 왔다

반복한다.

2014년 2월
이준규

10년 만에 묶는다. 네번째 시집 이후 생각이 조금씩 바뀌어왔다. 시란 무엇인가라고 묻는 대신 시란 무엇이어야 하는가라고 물었다. 시가 무엇을 할 수 있는가라고 묻지 않고 시가 무엇을 더 할 수 있는가라고 묻곤 했다. 시를 나 혹은 너라고 바꿔보기도 했다. 나는 무엇이어야 하는가. 우리는 무엇을 더 할 수 있는가.

그러다보니 지금 여기 내가 맨 앞이었다. 천지간 모두가 저마다 맨 앞이었다. 맨 앞이란 자각은 지식이나 이론이 아니고 감성에서 우러나왔을 것이다. 존경하는 친구가 말했듯이 지금 우리에게 필요한 것은 세계관(世界觀)이 아니고 세계감(世界感)이다. 세계와 나를 온전하게 느끼는 감성의 회복이 긴급한 과제다. 우리는 하나의 관점이기 이전에 무수한 감점(感點)이다.

세계감과 세계감이 어우러지는 가운데 우리가 바라 마지않는 새로운 세계관이 생겨날 것이다. 모든 것은 서로 연결되어 있다는 평범한 진리가 놀랍도록 새로운 의미를 갖게 될 것이다. 이렇게 모아놓은 조금은 낯선 낯익은 이야기가, 오래된 기도 같은 이야기가 다른 삶, 다른 세계를 상상하는 사람들과 손을 잡았으면 한다.

2014년 봄
이문재

내게 뭔가 들이닥친 걸까요. 지나간다, 는 말에 문제 있습니까. 골목길에서 뛰어노는 아이들을 보면 한 명 한 명 째깍거리는 시한폭탄처럼 느껴집니다. 우연과 필연으로 타오르는 운명의 폭탄 말이죠. 어디서 왔는지는 보이지 않고 어디로 가는지 또한 아무도 모릅니다. 시간이 앞으로만 진행하는 한, 우리는 모두 지나갈 뿐입니다. 단 한 번 살기에 세상이, 혹은 시간이 볼 수 있게 피를 묻히는 것이겠죠. 나는 그것을 언어의 피, 시의 피라고 생각합니다. 내게 뭔가 들이닥친 걸까요. 지나간다, 는 말에 문제 있습니까.

2014년 봄
정철훈

어떤 그림 속의 도마뱀은
그림에서 나와 다시 그림으로 돌아간다
그런데 그냥 돌아가는 것이 아니다
내 시가 시에서 나와
시로 돌아갈 수 있을까마는
그렇게 된다면
나온 곳으로는 돌아가지 않기를 바란다

2014년 봄
이규리

이생은 전생의 숙취 같다.

술 취한 고아들은 잘 자고 있을까.

홀로인 사람에게선 때 이른 낙엽 냄새가 나서

돌아보게 된다.

인간의 마음으로

끝내 완성할 수 없는 영원이란 말을

나는 발음해보고 싶었는지 모른다.

2014년 여름
이현호

말이 곧 시가 되고 노래가 되는
말이 곧 법이 되고 밥이 되는 때로 돌아가기, 아니
말이 곧 목화가 되고 햇콩이 되는 때가 다시 돌아오기까지
물렁물렁한 말의 혓바닥으로
깨어진 말의 사금파리에 베인 상처 핥아주기

2014년 6월
최서림

1980년 광주에서 내가 고등학생일 때 계엄군이 나의 시를 검열했다. 나는 한 편의 시로 사람이 죽을 수도 있겠다고 생각했다. 지금은 나의 시를 내가 검열한다. 길에서 시를 쓴다. 죽으면 시궁창의 개뼈다귀다. 언제나 가출한 날의 첫날이다.

2014년 서울에서
윤희상

스무 해 전 세상에서 시인이 되었다. 시인으로 살고픈 날이 오래되었다.

시인으로 산다는 건 백지가 된다는 것, 백지를 대하는 것. 지금 백지에는 불이 온다.

삶은 기다린다는 것. 나의 창이 가득 기다림이 될 때까지. 설렘이 가슴을 이룰 때까지.

내가 기다린 건 의미가 아니었다. 나무가 새를 기다리듯 새가 나무를 기다리듯 하였다.

사랑의 자취를 세상에 보내는 이곳은 은빛으로 가득하다. 살아 있으라는 말이, 무거운 별의 가지처럼 땅에 내려앉는다.

2014 여름

임선기

눈을 감으면
소리의 백발 한 가닥이 잡힌다

늙은 마술사의 손바닥에서
한 귀퉁이씩 뽑아올려지는 손수건처럼
뽑다가 간혹 툭 끊어지는 티슈처럼

저 기척들

여기까지 나를 불러왔다

귀가 있어 나는 거기에 닿는다

2014년 여름
천수호

말의 회오리는 고요의 축 주변에서
모래알 하나도 선명하게 포착하지 못한다.

바람 지난 자리의 유령 발자국들.
말은 늘 마지막이길 바랐다.

2014년 9월
강정

멀어져야 비로소 보이는 것들. 헤어짐은 다른 의미의 마주침이다. 13년을 새로운 당신과 살았다.

첫 시집을 묶고 나서야 모든 말은 오해로 존재한다는 걸 알았다. 13년 동안 당신을 오역했다. 이것이 내 죄책감의 근원이다.

무한의 방향에 서서 나를 바라보는 엄마들이 있다. 꿈이다. 꿈만큼 정직한 해석이 있을까?

지금은 생시이므로, 내 기록이 철저히 오해되길 바란다.

2014년 9월
임경섭

마음의 심연에 가라앉은 낡고 오래된 것들의 덕목을 건져 올려 다시 말갛게 씻어 말리고 싶었다. 그 깊이와 향기로 천 리를 가고 싶었다.

현대라는 시간을 믿지 않는다. 내 시는 끝까지 문명의 반대편에 설 것이다. 오래된 미래를 살 것이다.

마음이 자꾸만 바다와 섬 쪽으로 집을 짓는다. 그 오두막 집엔 서늘한 외로움만 살 것이다.

2014년 가을 초입
김선태

다섯번째 패를 돌린다

이렇다 할 도박력도 없이
이렇다 할 판돈도 없이

발바닥에 젖꼭지가 돋거나
손바닥에 닭살이 돋거나

2014년 10월
정끝별

아무것도 아닌 말과 침묵하는 문장들 사이
공백과 무한의 세찬 갈라짐으로부터
시는 시인을 낳아준다.

아직, 별들의 음악은 회전하고 흩뿌려지며
밤낮없이 흘러가고 있다.

거슬러갈 수 있게,
혼돈의 길목에서, 없는 길을 보여준
친구들에게 감사드린다.

2014년 11월
주원익

경화와 장현
경미와 당신에게

2014년 가을
민구

우연히 얻게 된 자루를 함부로 다뤘다.
뭐든지 빨아들이는 그 속을 채울 줄 알았으나
의심이 두려워 자루를 묶어버렸다.

다시 고민은 시작되었다.

2014년 겨울
정영효

누구나 자신과 타인의 부재를 존재의 상태로 전환시키는 연인의 형상을 꿈꾼다. 나 역시도 이런 사랑의 자장에 놓여 있음은 물론이다. 이 얼마나 천문학적 넓이의 규모를 가지는 아리땁되 ……무섭고 슬픈 말인가. 사랑의 ……존재.

나는 이제 만인에게 사랑받는 연인을 원하지 않는다. 상처만이 상처를 주는 것이 아니라, 사랑의 한 방식이 더 큰 상처를 줄 수 있기 때문이다. 시간이 지남에 따라 큰 사랑을 품은 사람은 점차 작은 사랑이 아닌 곳에, 그리고 사랑의 일부는 더더욱 아닌 곳에 살게 되며, 이것이 나로선 매우 견디기 어렵고…… 그러함으로 너무 큰 것 안에는 정작 사소하고 작은 사랑의 일이 설 자리가 없음을 알기 때문이다.

그러나 나는 옳게 알고 있는가. 혼돈스런 사랑의 본성에 대해 단언할 권리도 정녕 있는 것인가.

소유했던 오랜 서적을 처분하고 생일날 이사를 했다. 시도. 그 곁의 섬에 산다. 그럼에도 바다로 나가지 않고 있다. 여기를 떠나기 전, 하루면 족하다고. 그날은 조밀하고 간격 좁은 물길 아닌 가닥수를 변형시켜 직조한 너른 바닷길, 나의 지형학적 바다를 보겠다고. 반짝대는 환영의 영상을 기어코 분에 넘치게 담겠다며 그날을 기다린다. 아직은 쓸쓸한 바닷길, 하늘길이다. 낯섦으로 뒤바뀐 밤낮이 오간다.

격앙된 숨결로 말하는, 권리. 그것의 삶을 붙잡다. 머묾과 떠남에 존재하는 초점 같은 순간과 지나침. 쌓이면서 함축되는 생. 연명한다는 것. 오히려 그리하여 눈부신 생애.

나의 생에 정면승부를 건다. "인생도 사랑도 제가 책임져요. 일도 찾고 공부도 하겠어요……!!" 이 말은 '그녀'(Die Fremde, 2010)에게서 주워섬긴 말이지만, 쓰는 순간 그 결정은 내 결심으로 자리하였다. 인습과 기성화된 현실이라는 지배 체제 그 거대한 괴물 앞에 선 이방인, 나의 우마이. 그녀가 떠날 때다. 노예의 금기를 범하듯 생각보다 위험한 양극단의 가능성 위에서 새로운 인생을 살 수 있을까. 때로 무지한 듯 막막함이 밀려든다. 아르테미스와 아테나 사이, 비추는 것이 저 스스로 발광체라는 이성이 되어야 한다. 극명한 용단이 필요한 시점이다. 섬김이 섬광이 되는 그런 변이의 과정으로 끝남으로써……

네가 내 시를 받아볼 그즈음 네가 알던 곳은 말소된 장소일 것이다. 한동안 고스란히 바닷가 폭설에 갇혀 겨울을 날 것이다. 섬에서 근린의 뭍으로 가기 전. 그렇게 바람, 구름, 나의 시도. 그마저도. 그 무엇에 비길 만한 것이 없는 사랑도 미완인 채 아직은 비켜섬으로 간다.

어느 날 시간이 호된 질책처럼 나에게 한데 임박했고, 여지없이 사랑을 잃은 인생으로 내몰았듯이 다신 못 가볼 그 길을 불현 무상으로 돌려주려는 생, 그 둥긂의 형상들. 이젠 개인적 부채였던 몇몇 그녀와 그의 이야기를 돌려드린다.

지순하고 아름다운 사랑이 대체 어딨는 거냐, 함부로 부정하며 나를 단념에 포함시킬수록 불가능한 영원과 불가피한 사랑의 형상에 대해 쓰고 싶었음을. 현재 사랑에 대한 좌

절과 우수로 심하게 손상되었음에도 사랑과의 다툼에선 여전히 역부족임을 느끼며 바다로 흘러가는 큰 배들을 날마다 바라본다. 그렇게 떠나고 머묾에 존재하는 영혼들. 조용히 자신을 드러내는 흰 것들. 황해로 뻗어가는 물길이 전신으로 파문진다.

두 발로 설 수 있는 곳의 끝. 땅끝이다. 끝…… 이유 없이 찾아오는 것이 사랑의 시작이지만, 끝은 언제나 그렇듯이 조건짓고 이유를 동반한다. 그럼에도 공간의 차별성이 무화된 상태로 늘 가까이 있는 섬광—신성한 눈부심이 오늘도 표나게 두드러진다.

차례에 있어 맨 끝인 꼴찌인 양 일부러 표현에 지각인, 내 생에 호흡을 맞춰준 당신께. 내가 사라져도 영속성으로 살아 있을 섬, 격랑으로 부서진 사랑에 머물러 쓴다.

용서해달라. 모든 사건이 시작된 시간이자 끝인 공간에서 하양을 보며 내가 잊겠다. 섬약하고 고결한 흐름. 대낮에도 옷을 벗는 어리디어린 순결이고 싶었고.

문학은 내 사랑의 직무였다. 나는. 있겠다.

책이 나오기까지 맘 써주신 선생님들께 그리고 나의 언니와 동생에게 고마움을 전한다.

애닯던 그해 늦여름 먼저 씀

김윤이

톰과 찰리와 스티븐에게
이제 우리 서로를 증오했으면 해
고맙고 사랑하고 지겨우니까

2015년 3월
여성민

아름다운 사랑을 위해선
네 개의 다리가 필요했다

사라지는 것들
언젠가 사라지는 것들

네 번의 겨울이 지나는 동안
사랑은 아름답지 못했고

한 번의 꿈이 지난 자리에
꽃과 구름이 몰려온다

나의 무덤이 내내 깊어지기를

밤이면 낯선 당신에게
두 팔을 묻었다

2015년 3월
박은정

타이프로 친 시도 있고,
시로 친 타이프도 있다.

2015년 5월
이선욱

나쁜 습관이 있다. 중요한 것을 팔아서 덜 중요한 것을 사버린다. 참으로 무익했다. 어쩌면 나는 하찮은 것에 매혹된 자였고 이 매혹이 나를 매일매일 놀라게 할 것이라는 막연한 믿음이 있었다. 세상의 중요한 약속들을 어기거나 포기하고 많은 것들과 결별할 때 시가 써졌다.

파의 매운 기분을 사랑했다. 온 군데 매운 파를 심어놓고 파밭에 나가 있었다. 그들은 힘껏 파랬다. 파밭에 서 있으면 쓰라린 파의 목소리가 올라왔다.

2015년 여름, 파밭에서
최문자

겨울엔 여름이 그립고
여름엔 겨울이 그립다
내 안의 사계는 따로 돈다
그들을 따라가느라
내 언어의 발끝은 부어 있다
그러나 그들은 안다
눈부신 절정은 지금부터라고
꽃이 지고부터라고

2015년 8월
권기만

가질 수도 버릴 수도 없는

2015년 10월
고영민

작가 최인호가 말했다.
"명춘아, 너 세상에서 제일 어려운 게 뭔 줄 아니?"

내가 말했다.
"음, 사랑이요. 아니 믿음이요."

작가 최인호가 말했다.
"아니다 죽는 거다."

우린 말없이 걸었다.

2015년 11월
함명춘

여기에 내가 있었다.

누군가 글자를 새겨놓았다는
수용소 마당의 돌멩이를 생각하곤 했다.

이 작은 돌멩이 하나를 이제
그대에게 보내드린다.

2015년 11월
김연숙

들풀들이 거의 시들어버린
늦가을,
개망초 쑥부쟁이 달맞이꽃 들이 여직 살아 있네.

저 명랑들을 가슴에 품고
절망과 모순의 물결 드높은 강을 건너네.

오늘
내가 힘써 저어야 할 노(櫓)의 이름은, 하루!

2015년 10월 25월
원주 명봉산 아래
고진하

한여름 초록 들판을 전심전력으로 달려 건너온 푸른 사내의 심장을 녹즙기에 내려 마셨다. 이제 막 가을로 접어든 내 몸속에서 한결 맑아진 서늘한 도랑물 소리가 난다.

2015년 11월
이덕규

여섯번째 시집이다.
거친 언어 중에 당신 정곡에 닿을 말
하나 있음 좋겠다.

2015년 초겨울
정한용

희망이나 미래를 위해
생을 탕진할 필요가 있는가
연금을 넣고 아이를 키우고
오늘은 시도 한 편 더 썼다
이 문장들은 모두
어떤 죽음 앞에 예복을 차려입고
문상 온 손님들이다
아무도 누가 죽었는지도 모르고
상가에는 시신조차 보이지 않는다

연인들이 활짝 웃으며
횡단보도를 건너온다 희망적으로

2015년 겨울
류경무

시간 너머의 영원에게
영원의 살갗에게
그러나
그러므로 다시 여기의 시간에게
시간에 스민 슬픔에게
아빠에게

이 시집을 드린다.

2015년 겨울
박시하

나뭇가지마다 쌓인
달빛의 검은 발소리

열 수도 없는 저 창으로
나는 무엇을 보려 하는가

2015년 겨울
김현서

최근 3년 동안 발표된 것들 위주로 모았다.
해설은 누군가를 위해 비워둔다.

2016년 5월
김정환

8년 만이다. 좀 늦었다.

시절 따라 매듭을 지었지만, 그 앞뒤가 분명한 것은 아니다. 앞선 것이 뒤에 손을 털고, 뒤선 것이 먼저 신발을 벗기도 했다.

지난 시집의 이삭도 한 편 있다.

뭘 했다고,
발목이 시다.

이건 길가에 내놓은 의자다.

고맙다.

2016년 5월
장철문

시는 내가 못 쓸 때 시 같았다.
시는 내가 안 쓸 때 비로소 시 같았다.

그랬다.
그랬는데,

시도 없이
시집 탐이 너무 났다.

탐은 벽(癖)인데
그 벽이 이 벽(壁)이 아니더라도
문(文)은 문(門)이라서
한 번은 더 열어보고 싶었다.

세번째이고
서른세 편의 시.

삶은 삼삼하니까.

2016년 6월
김민정

이것은 시니피앙과 시니피에의 문제이다

이 시집은 81,082자
44편의 시로 이루어졌다

그럼 이만 총총

2016년 가을
전직 천사

한 떠돌이 부부가 마을로 흘러들었다.
그들은 주민 가운데 그 누구도 거들떠보지 않는 외곽,
아슬아슬한 암벽 밑 울퉁불퉁한 황무지에 집을 지으려고
온 마을에 아부했고 겨우 집을 세울 수 있었다.

그런데 그것을 허락한 주민 가운데 그 누구도
땅의 주인은 아니다. 주인은 나중에 온다, 군대와 함께.
부부의 영혼과도 같은 그 집을 무너뜨리러 온다.

2016년 10월
김상혁

물어와 운문이 산문이
고양이들을 데려와 함께 지내면서
나는 야옹야옹,
새로운 언어를 연습한다.
말이 되지 않는 고양이어를 듣고서도
눈치가 빠른 고양이들은
나를 정확하게 이해해준다.
얼토당토않은 말은 적당히 무시하면서……

시가 되지 않는 문장들은
교감으로 당신에게 가닿길 바란다.

2016년 늦가을
길상호

어릴 때는 편도도 붓고 신열도 앓고 했는데
이제는 그러지 않는다

돌부리에 걸려 넘어지는 일도 없다

먼 데 가서도 집을 찾아 돌아올 줄 안다

지구살이가 몸에 잘 익어가나보다

그래도 아직은
별들과 기차와 따뜻한 산속의 양떼들을 위해
시를 쓴다

이 별에 오기 전의 기억을 더듬어……

2016년 12월
문성해

말잇기 놀이할래
나에겐 갑갑어

그것이 혀 위 말이든
상상 속 물고기든

온천국자전거미술잔디질래?
민들레몬스터미널뛰기린

섬말다리가 있으면
있었으면

그 다리에 목을 걸치고
갑갑어를 꿀꺽꿀꺽 토해냈으면

그 위로 흰말채나무 한 그루
흔들렸으면

2016년 겨울
이문숙

고향에선 일찍 죽은 여자의 입에
쌀 대신 쇠를 물렸다고 한다.

입술에 앉았던 물집이 아물어간다.
혀는 자꾸만 상처를 맛보려 한다.

2017년 1월
허은실

흉곽을 뜯고 들어와
심장을 갈가리 찢어먹는
사랑스러운 파괴자 H,
당신의 소원대로
나는 미쳐가고 있어.
부디, 나의 불면이,
당신에게 위로가 되기를.
악마의 유전자를 가진 당신에게
이 시집을 바친다.

2017년 봄
김개미

모자는 인간을 만든다
검은, 소나기떼
잡히지 않는 나비
그리고 14년 후,
네번째 시집을 묶는다.
오래된 시와 최근의 시
오래된 나와 최근의 나
끝내기 위해서 다시 시작하는 봄처럼
모두 이곳에 모여 있다.
아주 사소하지만
기쁘고, 행복하다.
시와 함께 계속되는 '오, 아름다운 나날들'이
진심으로 화창한 봄날의 외출을 청하고 있다.
고맙다, 정말 고맙다.

2017년 봄날
김상미

어떤 수식어도 허락되지 않은 채 삶이 남겨졌다
뭐라고 말해야 할지 모르겠다는 생각으로 오래 걸어야 했다
어느 날 멈춰보니 중앙 우체국이 있는 거리에 서 있었다
그때 누구의 것도 될 수 없는 나의 삶이
나를 두드렸다
이것으로 무엇을 하지 질문했다

질문을 하니 용기가 생겼다
그리고 시를 써나갔다

삶이 스스로의 삶을 두드리던 그 힘을 위하여
산다는 것이 창세인 시대를 위하여
아무런 선언 없이 선언을 완성하는 언어를 위하여
이것들이 다만 시작으로 무너질지라도. 괜찮다

시를 믿는다
시를 믿는다

그 거리
탄흔을 품은 중앙 우체국의 기둥은
아직 굳건하게 서 있다.

2017년 4월
김학중

노인을 위한 나라가 없듯이 늙어가는 시인을 위한 세상은 없다. 그러므로
마음으로나마 젊어지려고 나는 오늘도 이 몹쓸 놈의 시를 생각한다.

2017년 5월
박해석

새벽길에 보았다.
물길을 가는 그녀들.

저무는 길에 보았다.
별처럼 우수수
붉은 바다로 뛰어드는 그녀들.

나는 그저 그녀들을 뒤따를 뿐이다.
물의 시를 쓰는 물속의 생과
몸의 시를 쓰는 모든 물 밖의 생을
한 홉 한 홉 기록해나갈 뿐이다.

내 안에 오래도록 꽉 차 있던 소리
숨이 팍 그차질 때 터지는 그 소리
숨비소리
그 소리를 따라 여기까지 왔다.

2017년 6월
허영선

떠들썩한 술자리에서 혼자 빠져나와
이 세상에 없는 이름들을 가만히 되뇌곤 했다.
그 이름마저 사라질까봐, 두려웠기 때문이다.

절벽 끝에 서 있는 사람을 잠깐 뒤돌아보게 하는 것,
다만 반걸음이라도 뒤로 물러서게 하는 것,
그것이 시일 것이라고 오래 생각했다.

숨을 곳도 없이
길바닥에서 울고 있는 사람들이
더는 생겨나지 않는 세상이
언젠가는 와야 한다는 믿음을 버리지 않겠다.

하늘에 있는 마리와 동식이에게
그리고 고향에 계신 할머니께
이 시집이 따스한 안부가 되었으면 좋겠다.

2017년 7월
신철규

14년 만에 내는 시집인데 140년처럼 먼 것 같다.
140년 전에 나는 어느 여름을 살았고
140년 후에는 또 어느 시냇물이나 구름,
혹은 바람 같은 것으로 흐르고 있을까.

흔적도 없이 사라지는 여름의 눈사람들.
있으면서도 없고 없으면서도 있는 것들.

가을밤 하늘에 보이지 않는 소 한 마리가
달을 끌고 간다.

2017년 그해 여름
권대웅

시집 낼 곳을 정하고도 긴 시간을 보냈다. 준비하는 시간을 즐겼다고 해야 할까. 앞 시집을 낸 해 낳은 아이가 겨울 오면 고등학교에 들어갈 나이에 이르렀다. 시인이 아닌 시간을 즐겼다고 해야 할까.

병고로 노년을 보내고 계신 두 분 육친과, 자라는 두 아들 함께 몇 해 전부터 한집에 산다. 나를 길러주신 이들과 내가 기르는 이들 사이, 내 자리를 새겨보고 지난 자리를 돌아보는 일이 잦다.

여기, 이 뜨거워지는 별 위에서 욕심에 휘둘리며 살아가다가 우리 모두 헤어지리라. 그러나 언젠가 저기, 지금은 알지 못할 어디서 다시 만나게 될 것을 믿는다.

내려놓고 보니 걱정 한 보따리다. 사람들 사이로 돌아가지 않고 더 먼 데로 가 혼자 머물고자 한다.

2017년 초가을
이희중

나를 대신해줄 적당한 말을 아직도 알아내지 못했다.
하는 수 없이 내게 가장 소중한, 말이 되려 꿈틀대는
자음과 모음, 그리고 잊혀진 ㆁㆆㅿㆍ까지 모두 보낸다.
하려는 말이 다행히 그 안에 듬뿍 들어가 있다면
말의 상심들아,
내가 무슨 생각을 그리 오래하게 되었는지 알아내주는 것은
순전히 당신의 역할인걸.

2017년 11월
안정옥

3부

하고 싶은 말에 거의 다 도달했을 때

새봄이 앞에 있으니 좋다.
한파를 겪은 생명들에게 그러하듯이.

시가 누군가에게 가서 질문하고 또 구하는 일이 있다면
새벽의 신성과 벽 같은 고독과 높은 기다림과 꽃의 입맞춤과
자애의 넓음과 내일의 약속을 나누는 일이 아닐까 한다.
우리에게 올 봄도 함께 나누었으면 한다.

다시 첫 마음으로 돌아가서
세계가 연주하는 소리를 듣는다.
아니, 세계는 노동한다.

2018년 1월
문태준

대부분 시가 아니라고 생각하고 썼다.
시라고 생각하고 썼으면 달라졌을까?
달라진 만큼 다른 글이 되고 다른 운명을 맞이했을까?
알 수 없는 일이지만, 이미 일어났다.
일어나고 있다.

아직까지 아무것도 모르는 기억이 있을 것이다.

2018년 3월
김언

남은 빛을 끌어모아 뼛속에 철심으로 세울 때까지
펜 끝에서 흘러나오는 밤을 따라가면 조금씩 피가 붉어지는 동쪽이다.

언어가 닿지 못하는 그곳이 멀지 않아
다시 이곳에 없는 시(詩)로 걷는다.

2018년 3월
홍일표

2014년 4월 16일 세월호 대참사가 일어났습니다. 한동안 멍하니 앉아 있었습니다. 왜 구조하지 못했나, 자문하기 바빴습니다. 아프게 물어본 거죠. 1980년 5월을 떠올리고도 살아 있는 제가 말입니다. 억울하게 죽어간 아이들을 생각하며 유가족들과 함께 있는 힘껏 외쳤습니다. 죽어도 잊지 않겠다고 말입니다. 다큐 영화를 봤고, 시청 앞에서 낭송을 했으며, 순례길에 동참해 53일간 해안선을 따라 걷기도 했고, 광화문에서 단식(내 인생을 세 토막으로 나눈다면 전반기는 굶주림의 연속이었다)도 했습니다. 뒤늦게 팽목항과 목포 신부두에 가봤으며 여러 번 촛불을 켜고 얼마 안 되는 돈도 내놨습니다. 남도는 황량했으며 바람은 남쪽으로 쉼 없이 불었습니다. 헤엄을 쳐 인천에서 제주까지 갈까(친구와 상의했으나 돈이 많이 들어간다 하여 포기하고 말았습니다. 제주도 사는 시인이 제일 반대했다는데 아마 그는 대한해협의 높은 파도를 걱정했을 겁니다. 목숨을 걸지 않으면 아무것도 이룰 수 없는데……), 바닷가에 조형물을 설치할까, 별생각을 다 했습니다. 그러면 뭐합니까? 아이들이 살아 돌아오지 못하는데요. 아이를 둔 아빠의 마음으로 썼습니다. '아이들'에게 평생 '빚진 어른'임을 잊지 않으려 합니다.

2018년 4월
유용주

늘 해질 무렵이었다.

새살이 돋아야 했던 기억들

항상 그때였다.

상처가 있는데 안 아프다고
상처가 없는데 아프다고

생각이 물들 때까지
참 오래 걸렸다.

이제 가볍게 집으로 간다.

2018년 5월
이사라

역사가 끝나도 시간이 흐른다는 것은 꽤나 신기한 일입니다.

어렸을 때부터 동경해오던 빛, 장대비가 내리던 날의 제 창문에 비친 빛, 이번에는 그것을 '레몬옐로'라고 불러봅니다. 투명해져가는 몸을 끌고 용케도 여기까지 왔다는 생각이지만,

여러분, 저는 '그 빛'에 이른 것일까요?

2018년 5월

장이지

당신은 누구입니까?
아니, 그런 것 말고
진짜 당신은 무엇입니까?

\-

등단 이후 쓴 시를 이제야 묶어낸다.
시간순으로 배열하지는 않았다.
시간은 한 방향으로 흐르지 않기 때문이다.

시집이 나올 수 있도록 도와주신 분들께
마음을 다해 감사드린다.

2018년 6월
이수정

길에 떨어져 터진 버찌들을 보면
올려다보지 않아도 내가 지금
벚나무 아래를 지나가고 있다는 것을 안다.
등뒤에서 울음소리가 들리면
돌아보지 않아도 그것이 이별이라는 것을 안다.
보지 않아도 알 수 있는 것들은 어디에나 있다.

보리 추수는 이미 지났고
외할머니가 돌아가신 지는 오래다.
보리서리를 눈감아주시던 외할머니의
거룩한 삶이 대관령 아래에 있었다.
검은 흙 속에서
감자가 익으면 여름이라는 것을 알 듯
내 몸이 강릉에 가고 싶을 때가 많다.
강릉은 누구에게나 어디에나 있다.

2018년 8월
심재휘

우린 너무 아름다워서 꼭 껴안고 살아가야 해.

2018년 초가을
박상수

이제 와서 염치없이
뵈올 수 없는 분께
간구하는 중이다.

무르지 않은 온화함과
무르지 않은 따뜻함,
무르지 않은 폭신함을

제 몸과 언어에 둘러주소서.

2018년 10월
한영옥

하나의 가슴에 둘의 심장이 뛴다
그다음은 세계

그 하나 둘 세계를
네게

2018년 어느 날
이현호

생각을 멈추고 호흡에 집중하기.
몸에서 빠져나와 언어로 행동하기.
채석장 돌산 (언어는 독립적이다),
깨어져 나뒹구는 언어와
(판 아래 보이지 않는 자력에 쇳가루가 끌리듯)
부서져 흩어진 나들의 회집
의 상호관계, 분리한
몸과 언어의 새 종합.

2018년 11월
채호기

삶이 자꾸 시를 속이려 들거나
혹은 시가 삶을 속이려 들 때마다
나는 우두커니 먼 데를 바라본다.
먼 데가 와서 나를 태우고
끝없이 날갯짓하여
부디 날 서럽지 않게
어디론가 더 멀리 데려가주기를,
그 먼 데는 그렇다면 새이어야겠다.
먼 데가 먼 데와 하나로 딱 붙어
사랑의 지극한 말씀이어야겠다.
하여 부질없고 헛되이 나는
별들의 반짝임이 실은 아프디
아픈 별의 속엣생피라고
그대 앞에 그제야 겨우
귀엣말할 수 있으리.

2018년 겨울
유강희

주장: 눈물이 많은 건 인정. 그러나 가려서 욺.

이 책의 시편들은 내게서 영영 떨어져나간 것처럼 느껴진다.
그 시들이
누군가와 쑥스럽고 어색하게 인사하는 걸 상상하면 찡해진다.
가뜩이나 낯가리는 내게서 떨어져나와가지고!
고생, 고생, 개고생!

내 글을 마주하고 있는 낯설고 반가운 어깨.
감히
머리를 기댄다.

2018년 12월
권민경

비루의 혀를 나무에 매달았으니
너는 훨훨 낙엽 져서
멸망에 닿으리라.

2018년 겨울
이용한

1

봄날 새벽의 노란 별자리를 보며 점을 쳤다. 큰 누에들이 뽕잎을 갉아먹는 방에서 깨기를 바랐건만 시는 잠결의 무심한 뒤척임, 가느다란 꿈의 파동으로 왔다. 시는 우연, 빛과 소리, 날씨와 구름의 움직임에 대한 계시(啓示)에 가까웠다. 내 점은 자꾸 빗나갔다.

2

이번 시집은 작다. 작아지려고 탕약처럼 뭉근한 불로 오래 졸였다. 작은 슬픔으로 큰 슬픔에 닿기 위하여 애썼다. 덕분에 내 상상력은 뿔냉이나 엽낭게의 감정노동만큼 조촐해졌다. 작음은 이번 시집에서 내세울 단 하나의 자랑거리다. 더 작아지지 못한 건 흠이다. 더 작아져서 큰 실패에 닿지 못했음을 후회할 거다.

2019년 1월
장석주

강은 흐르고
바람은 불고
새들은 노래한다
인간인 나는 강을 따라 걷는다
지난 10년 내가 제일 잘한 일이다
시여, 푸른 용과 함께 날자

2019년 1월 순천의 샛강 동천에서
곽재구

죽음만이 찬란하다는 말은 수긍하지 않는다.
다만, 타인들에겐 담담한 비극이
무엇보다 비극적으로 내게 헤엄쳐왔을 때
죽음을 정교하게 들여다보는 장의사의 심정을
이해한 적 있다.

나는 사랑했고 기꺼이 죽음으로
밤물결들이 써내려갈 이야기를 남겼다.

2017년 10월 18일
박서영

마지막 페이지에 수록된 시는 시인의 말을 쓰다가 완성해버린 것이다. 하고 싶은 말에 거의 다 도달했을 때, 단어가 바닥나버렸다. 종종 이런 일이 벌어지곤 했다.

2019년 4월
유계영

나는 있는다

2019년 5월
송승환

나와 나 사이에 흐르는 의심의 강이 있고
건너갈 수 있는 날과
건너갈 수 없는 날이 있었다

2019년 5월
박세미

이미 오래전부터
나는 아무것도 말하지 않았다.

아직 말하지 않음으로
나의 모든 것을 발설하였으므로,

내가 끝내 영원으로 돌아간다 한들
아무도 나를 탓하지 않으리라.

2018년 6월 11일
배영옥

모든 구상화가 초상화고
모든 초상화가 추상화인 까닭

고백이 주문(呪文)이 되고
주문이 외마디 시가 될 때까지

여기서부터
좋은 냄새가 날 거야

2019년 6월
정끝별

몸안에서 마주쳐 놀랐다
겨울 수선화

2019년 6월
황학주

움직이는 지평선을 향해 걷기 시작했다.

2019년 7월
이은규

안 보이는 걸 보려고,
가뭇없이 사라지는 걸 말하려고,
도망치듯
여기까지 왔다

시를 통해 눈 하나 더 찾게 될까

그럴 수 있다면
아프고도 황홀한 계단을
끝없이 굴러떨어져도 좋겠다

2019년 8월
정채원

판소리 적벽가 〈군사설움타령〉을 듣는다.
조조의 병사들 신세한탄이다.

제 처지가 얼마나 기막힌지 들어보라며
좌우를 밀치고 나서는 군사 사설마다
울음이 반이다.
제가 제일 서럽다며
천지간에 누가 저만큼 딱하고 원통하겠느냐고,
제 얘기 먼저 들어달라고
나한테까지 하소연이다.

슬픔에 우열이 어디 있으랴.
무등(無等)이다.

줄 세우기도 난감하고,
줄 것도 없다.
시 쓰는 일 말고, 이삼 년만 익히면
보태주고 나눠줄 것이 많은 일을
배울 걸 그랬다.

2019년 가을
윤제림

출근길에 아이들 놀이터 주위에 심어진 나무의 가지를 모두 잘라내는 것을 보고 격분해 시청에 따졌다. 그 이상은 자르지 않겠다는 약속을 받아냈지만, 퇴근길에 보니 이미 가지를 잃은 나무의 모습은 차마 보기 힘들었다. 한두 번이 아니다. 나무와 풀과 냇물 없이 살아와서 그런지 현대인의 정신이 사막이 되어가는 것을 자주 느낀다. 나를 소박한 자연주의자로 불러도 상관없다. 인간은 다른 존재들이 지어준 가건물 같은 것에 지나지 않는데, 마치 독자적으로 진화해온 것처럼 우기고 있다. 맘대로 하라지. 나는 오늘도 흐르는 냇물을 보며 내 영혼의 모습을 가만히 상상해본다.

2019년 가을에
황규관

시인을 성자로 알던 시절이 너무나 그립다.
24년이나 휴지기를 두었지만 나의 옛 마음을 찾을 수 없었다.

왜 이토록 삶을 기뻐하지 못했을까?
돌아갈 길이 끊긴 자리에 한사코 서 있는 모양이라니!

그래도 네번째 시집이라 불러야 한다.

2019년 12월
김형수

어제를 팔아서 오늘을 산다.
그러면 내일이 남는다.
이상한 장사지만 밑천이 떨어진 적은 아직 없었다.

결국 장사치로서 시를 쓴다는 사실이 가끔 당혹스럽다.

롤로와 메이, 죽은 아이들에게 이 책을 바친다.

2020년 2월
박시하

문을 열고 나오면 언제나 두 개의 길이 있다
하나는 교외의 해변으로 통하는 길, 하나는 작은 성당과 식료품점을 지나
도시로 가는 길;
놀러온 꼬마들은 신발을 벗어둔 채 해변으로 가고
동네 사람들은 반대의 길을 간다

2020년 3월
주민현

슬프고 끔찍한 일들은
꼭 내가 만든 소원 같아서
누군가 다정할 때면 도망치고 싶었다.

망가지지 않은 것들을 주고 싶었는데,

스물의 나를
서른의 내가 닫고서

턱까지 숨이 차서 돌아가면
당신이 늘 없었다.

2020년 3월
최현우

기린들이 숲으로 돌아간다.
구름이 기린 목에 걸린다.
마침내 기린들은 처음부터
없었던 것처럼 모두 사라진다.

2020년 3월
김참

너는 사랑과 죽음이라 했다.

나는 너를 사랑의 죽음으로 이해했다.

유서 같은 것이었다. 이 세상 어디엔가 있어도 살아서는 다시 만날 수 없는 너의 것이라 유서 같은 것이었다.

2020년 3월
구현우

편지 아닌 편지를 쓰게 되었는데
그 편지의 첫 문장이 이렇게 시작해요.

저 아직도 제주에서 혼자 살고 술은 약해요.

2020년 4월
이원하

1994년부터 2018년까지 나는 시인이었다. 글쓰기가 실천이며 글쓰기를 감행한 모든 자가 용기 있는 자라고 믿었던 한때나마 나의 도덕은 충동적인 것이었다. '직접적인 것에 대해 직접적으로는 회상할 수 없다는 물질과 정신의 유일하게 합의된 원칙에도 불구하고 세계가 우리에게 있는 것처럼 그 자신에게도 있을 수 있는가'를 묻는 정신 외엔 아무것에도 도전하지 않았던 얕고 묘한 술을 추모한다.

2020년 5월
조연호

진실이 아직 들통나지 않은 거짓말 혹은
영원히 간파되지 않을 정교한 눈속임의 일종이라면

진짜라는 게 극치의 정성과 최대한의 노력을 기울인
가짜를 뜻하는 특정 형식에 관한 근사치일 따름이라면

진심이 다 진짜이거나 진실만은 아니라는 것은
얼마나 커다란 위안인가

이 의미 없는 허세와 과장법이 때때로
깊숙이 마음에 와닿기도 한다는 것

그리고 그 마음이 몸안에는 없다는 것은
얼마나 아름답고 홀가분한가

투명하며 텅 빈 매미 유충의 허물처럼
시리도록 환한 껍질뿐인 얼굴만큼

누군가 함부로 진창길에 버려진
타인의 심장을 주울지도 모르게

마침내 들키고 말 거라는 사실이
아무도 혼자가 아니라는 자유를

이게 다 진심은 못 되겠지만
이 전부가 온전히 사랑만으로는 모자라더라도

세상이란 현실과는 상관없이 허구와는 다르게
한없이 얼마나 이따금 기껍고도 사랑스러운가.

2020년 5월
채길우

포니테일을 보면 잡아당겨야 하는 아이가 있다.

하필 그런 아이가 나였고 당연히 친구들은 나를 싫어하기 시작했다. 산발한 머리로 집에 돌아가는 길에 뜨거운 아스팔트 위에서 하얀 김이 올라오는 것을 봤다. 신호등이, 길을 건너는 사람들이, 가로수가 모두 일렁거리는 것을 봤다. 얼핏 교과서에서 아지랑이라는 단어를 배운 기억이 떠올랐다. 다시는 포니테일을 잡아당기지 않겠다고 다짐했다. 키가 작은 어린아이에게 아지랑이가 더욱 이상하고 아름답게 보일 수 있다는 생각은 어른이 된 후에 들었다.

그렇지만 나는 당신 손이 이 시집을 한껏 잡아당겨 읽어주길 바란다. 아주 오래전 내가 참지 못하고 그랬듯이.

2020년 6월
이다희

안녕, 짙은 밤의 조약돌처럼
희게 빛나는 모든 믿음들에게
안녕, 질주하는 나의 망상에게
안녕, 조립과 해체를 견디는 삶에게

2020년 6월
김경인

밤의 끝, 알 수 없는 곳에서
새들이 이야기를 물고 날아온다.

이른 새벽
문 두드리는 소리에 나가 보면
아무도 없는 텅 빈 거리 저편
새들이 물고 온 소식이 허공에 빛나고 있다.

2020년 어느 아침
남진우

막다른 길에 몰리면 무기를 찾았다
주먹 따위로 가슴을 두드릴 수는 없었다

도움을 청해도 비명이 나오지 않았다
말을 버린 채로
너무 멀리 떨어져 있었던 것이다

누구도, 무엇도 없는 장르를 구축했다

그 번민의 파편들을 여기 남긴다

희망은 절망을 외면하는 기술이었다

2020년 6월
전영관

해야 하는 일에 구멍이 뚫리면 여유가 생긴다.
조급해지지만 그것도 여유다.

2020년 6월
안주철

나는 듣는다. 듣다보면 그에게서 이런저런 감정이 흘러나와 그의 얼굴을 적시고 그가 말을 멈추고 마침내 그가 시간을 거슬러올라가 눈부시게 몸을 맡기는 것을 보게 된다. 감정이 형체를 얻는 순간은 하나의 사건.

2020년 7월

곽은영

나는 아주 투명하게 들여다보이고 싶다.

2020년 여름

김복희

집이 비어 있으니 며칠 지내다 가세요
바다는 왼쪽 방향이고
슬픔은 집 뒤편에 있습니다
더 머물고 싶으면 그렇게 하세요
나는 그 집에 잠시 머물 다음 사람일 뿐이니

당신은, 그 집에 살다 가세요

2020년 9월
이병률

올리브 동산에서 만나요

2020년 9월 10일
김희준

어떤 땅에서는 걸을 때마다
개미들이 죽었다

쓰고
지우지 못한 문장들과

지워지는 방식으로 웅성거리는
친구들에게

안부를 묻습니다

2020년 9월
홍지호

늘 딴생각이다. 단어마다 字字, 어룽거린다. 당신은 당신의 당신과 당신을 당신이 당신에게 당신까지 당신한테 어떻게든 달라붙는 운명 같은 것. 그러나 그것들은 당신이 아니라 그렇게 말하는 자를 뒤흔드는 중일 텐데. 다른 사람이 되고 싶었다. 다른 삶을 살고 싶었다. 다른 시를 쓰고 싶었다. 그럴 수 없다는 것을 안다, 그럴 수 없다는 것은 안다. 그 사이가 아득히 멀다. 자자, 이제 그것에 대해 써보자 하는데 또 쓸데없는 것을 쓴다고 근심하는 당신에게 써야지. 쓸모없음을 사랑해요, 나는 당신의

2020년 가을
김박은경

한동안 서울과 양평을 오갔다.
아픈 사람들이 서울에서 양평으로 건너가는 것은
칠흑의 한밤중이 아름답기 때문만은 아닐 것이다.
한 몸을 건너가는 병이 구름 사이로 떠다니지 않게
병명이라는 검은 돌들을 별자리처럼 놓아본다.
이 시집이 별들을 가리키는 헛된 손가락이라 할지라도
언니를 아프지 않게 할 수는 없을까.

2020년 11월
천수호

역병도
천지에 보태주는 것이 있으려니

새 울음, 마른 솔방울 떨어지는 소리도
처음 만나는 언어 같다.

애착에 겨운 질문들
모래알 같은 말들을 머금고 머뭇거리던
위안과 허망을 멀리 흘려보낸다.

2020년 11월
강신애

4부

손에서 손으로 열리는 것

나는 잠깐씩 죽는다.

눈뜨지 못하리라는 것.
눈뜨지 않으리라는 것.
어떤 선의도 이르지 못하리라는 것.
불확실만이 나를 지배하리라.

죽음 안에도 꽃이 피고 당신은 피해갔다.

2020년 12월
이규리

사랑하는 사람들로 가득차 커다란 혼자

2021년 3월

장수양

『가차 없는 나의 촉법소녀』를 기점으로
그 이전에 쓴 시들을 이제 묶는다

두려움의 내용도 모르면서
지겹도록 오래 도망쳤지만

내 얼굴이 낯설지 않은 시간을
한 번은 살아보고 싶었기에

남아 있는 생의 모든 용기를 걸고
이 불안한 속도와 맞서고자 한다

많은 시인들에게 의지하여 여기까지 왔다
여기 문장들도 그런 역할을 할 수 있다면

그것으로 과분하며 다시없는 영광이겠다
당신들로 인해 나는 비로소 가치로워졌고

어느 거리에서 뿌리 없이 떠돌더라도
당신과 연결되어 있다고 믿을 것이다

2021년 3월
황성희

말을 동경했습니다.
글을 말보다 좋아했습니다.
그러나 나를 살게 한 지표들은
실은 아름다운 느낌들이었습니다.

2021년 4월
김향지

서로가 서로에게 난간이 되어주던
이 벼랑이 참 좋았습니다.

2021년 5월
서윤후

이사한 첫 밤이었다.
어둠 속 나는 창밖을 바라보았다.

응답처럼
누군가 먼 곳에서 불을 켰고
문득, 만난 적 없는 그이를
오래전부터 알고 있었다는 생각이 들었다.

만난 적 없지만
같은 시간을 사는 사람, 이미 세상을 떠난 사람,
어쩌면 미래에 있을 사람의 언어를
나는 받아쓰고 있는지도 모른다.

한 번도 느껴본 적 없는 감정을 마주할 때
그 감정은 내가 모르는 그이에게서 온 것인지도 모른다.

시를 쓰며, 알 것 같다.
우리가 투명한 각주로 된 발을 단
마리오네트 인형처럼 서로를 움직이며 걸어가고 있음을.
보이지 않는 그 힘으로 이 세계가 나아가고 있음을.

2021년 제주에서 봄을 지나
장혜령

저세상과 섞여 있는 이 세상의 해안선으로
밀려오는 가면들
그중에 하나를 쓰고 살아간다

이 삶이 보이지 않는 것에 시달리기는 해도
행복하게 견디고 있다

그쪽만이 아니겠으나
남쪽에서 혹은 나비 쪽에서
빌려온 구절들을
제 살던 하늘땅으로 돌려줄 때가 되었다

내려놓으면 날아갈 것이다

2021년 8월
박지웅

나는 이제 열 개를 알게 된 것 같다. 그리고 그 열 개의 끝에는 문지기처럼 사랑이 서 있다는 것. 그건 하나를 알았을 때도 그 하나의 끝에 서 있던 것.

구름 속으로 손을 집어넣는다 해도 내가 꺼내올 것은 젖은 손바닥뿐,

비는 떨어질 때만 존재한다. 너그러운 저녁이 와 너를 만났다 해도 결국 혼자 돌아와야 하는 밤처럼.

비를 보면 하나 더 알게 된다.

인간에게 사랑하라 말해놓고 모든 사랑을 슬픔 속에 빠뜨린 자가 아침을 만들었다는 것.

2021년 8월

신용목

문학동네시인선 159 **김기형** 시집 **저녁은 넓고 조용해 왜 노래를 부르지 않니** 시인의 말

내가 깨어진다 하여도
이 물은
쏟아지지 않으리

2021년 8월
김기형

최선을 다했지만 결과적으로 최악을 피했을 뿐이라고
철 지난 선거 같은 것을 두고 누군가 말한다면
그는 최소한 시급한 변화가 필요한 사람일 것이다.
삶은 문제 해결의 과정이고 우리의 선택은 여전히
차선과 차악 사이에서 더 오래 머뭇거리고 있지만,

이 분명한 없음과 분별하기 힘든 있음들 사이에서

그리하여 자신이 누구인지 찾고 있는 사람은
삼나무 숲에서 삼나무를 찾고 있는 사람과 같다.
삼나무 숲에 들어섰으니 삼나무는 찾은 것이나 진배없다고 안심하겠지만
눈앞에 두고 찾지 못하는 맹목이 가장 어둡다.
물론 나는 수 년 전 어느 밤 혜화역에서 택시를 잡아탄 취객이
"대학로 갑시다"라고 큰 소리로 말한 것을 기억한다.
우리는 모두 진심으로 그의 행선지가 궁금했지만

낫 굿 낫 뱃,
좋지도 나쁘지도 않은 삶은
좋았다가 나빴다가 하는 삶이지만
뜻한 바대로만 되지 않는 삶이라서
이미 읽은 전단지를 한나절 내내 뒤집어 읽는 공터의 바람처럼

필사적이고 간절한 기도가 더 빤하고 평범하기 쉽다.

마찬가지 이유에서 너무나 완벽한 있음은 거의 없음과 같다.

너무 화가 날 때는 도리어 웃음이 나고
안하무인에게는 더 엄중한 경어체로 말하게 되지만
간절한 일 분이 평범한 일 분으로 김빠질 때가
영원에 대해 생각하는 시간이었고, 우리가 더욱 유연해져야 할 시간이었다.

내가 겪어보지 못한 아픔에게는 더 벼려진 말보다는
흘려듣기 좋은 말이 필요했다.

2021년 9월
이현승

느리고 분명한, 불안의 풍경 안에 나무를 붙잡고 우는 한 사람이 있다. 그는 나무 앞에서 영원히 마지막 들숨을 들이마시는 중이다. 최후가 궁금했던 나는 그의 불안을 들여다보곤 했다. 불안에 몸을 기대는 밤에 나는 불안하지 않았다. 그 불안의 풍경이 나에게는 내가 붙들어야 할 안온한 부표처럼 느껴진다. 나의 사랑은 불안이다. 내 눈동자에 짓는 공화국의 율서는 불온한 잠언으로 읽히기를 희망한다. 읽을수록 의지를 상실하는 위험한 외경 한 권이 나의 온몸이 되기를 바란다.

쓰고 싶은 글은 써야 하는 이유가 자꾸만 없어지고, 묻어뒀거나 잊어버린 지 오래인 글은 제집을 잃어버렸던 고아 유령처럼 다시 나를 찾아온다. 꺼내기 어려웠던 책장의 목록과 작성되고 있던 것들의 시작되지 않은 최후. 쓰지 않았으나 쓰일 예정이었던 미래 나의 책장 같은 것. 잠에서 깨면 내가 그은 적 없는 선들이 그어져 있다. 그것은 내가 오래전 그었거나 긋고 있는 선이 맞나. 연필을 잡은 나의 손은 나의 것이 맞나. 태어나지 않았으나 이미 죽어버린, 죽어버렸으나 아직 태어나지 않은, 활자들.

2021년 9월
김유태

0

연기를 시작합니다.

1

다음과 같은 곡이 무대에 차례로 흐릅니다.

주현미 〈비 내리는 영동교〉, 혜은이 〈제3한강교〉, 원더걸스 〈So Hot〉, 민해경 〈내 인생은 나의 것〉, 최양숙 〈가을 편지〉, 조용필 〈비련〉, 패티김 〈누가 이 사람을 모르시나요〉, PRODUCE 101 〈나야 나(Pick Me)〉, 천지인 〈청계천 8가〉, 꽃다지 〈전화카드 한 장〉, 조덕배 〈꿈에〉, 이정석 〈첫눈이 온다구요〉, 이상은 〈언젠가는〉, 이소라 〈봄〉, 양수경 〈사랑은 창밖에 빗물 같아요〉, 시인과 촌장 〈좋은 나라〉, 조하문 〈같은 하늘 아래〉, 이치현과 벗님들 〈사랑의 슬픔〉, 송재호 〈늦지 않았음을〉, 김민기 〈봉우리〉

너무 매캐하지 않게.

2

영원은 무슨 맛일까요?

먼저 맛보신 분 해시태그(#) 영원의 맛, 후기 부탁해요.

4

시를 쓰지 않을 때 더 행복해(라고 말하면 그럼 쓰지 마, 라고 말하는 이가 꼭 있는데, 너나 나나 인생을 쉽게 보진 말자). 계속 쓸래?

8
아침에 일어나 공복에 유산균 캡슐 한 알 먹는 것이 시를 보호하는 데 도움되고요.

6
독자도 시를 물로 보는 편이 건강에 이롭습니다.

♡
이렇게 계속 달려가는 말이 저기,
장을 비우겠습니다.

2021년 10월
김현

축 생일
—크리스마스 예수님과 복숭이 오신 날

예수님이 오신 것이 안 오신 것보다 낫다.
부처님이 오신 것이 안 오신 것보다 낫고
복숭이가 온 것이 안 온 것보다 낫고
내가 온 것이 안 온 것보다 낫다.
인간으로 살아봤고 꿈을 가져봤고 짝도 만나봤고
죽어서 먼지가 될지 귀신이 될지 우주의 은하수가 될지 알 수 없지만
온 것이 안 온 것보다 낫다.
허나 다시 오고 싶지는 않다.

2019년 12월 25일
이윤설

어느 날 나는 언어와 커피를 마셨다.

마주앉은 그는
이제 막 긴 여행을 마친 후였다.

테이블에 물방울이 떨어져 있었다.

나는 들떠 있었고, 그는 어딘가 달라 보였다.

기다리는 사람으로서, 나는
냅킨 한 장을 들어 물방울 위에 얹었다.

그는 손가락을 들어
한 줄씩 나를 지우기 시작했다.

2021년 10월
이동욱

거울이 뻐드렁니를 드러내고
컹컹 짖어대며 말한다

얼굴맛 좀 볼래?
립스틱처럼 벌겋게 바른
웃음을 보여줄까?

2021년 10월
박세랑

해거름에 골목을 산책하다가
허름한 편의점 테이블에 앉았다.
누추하고 스러져가는 것들을 가만히 보았다.
해는 슬쩍 잠기고
그 순간 가장 평화로운 바람이 목뒤를 스쳤다.
그 바람을 찾아 오래 떠돌고 싶다.

2021년 11월
이재훈

어떤 핏기와 허기와 한기가 삶을 둘러싸고 있다.
그것은 일종의 벌거벗음에서 왔다.

피. 땀. 눈물.
이 세 가지 체액은 늘 인간을 드나든다.

마음이 기우는 대로
피와 땀과 눈물이 흐르는 대로 가보면
통증과 배고픔과 추위를 느끼는 영혼들 곁이었다.

시는 영원히 그런 존재들의 편이다.

2021년 12월
나희덕

산 자의 죽은 말과
죽은 자의 죽지 않는 말 사이에서

몸도 빛도 꿈도 어휘도 재의 혼령으로 떠돌았다

백지는 눈 내리는 나의 명부(冥府)
시는 길들여지지 않는 암흑, 야수의 공간이다

내 이름은 잉(~ing), 나는 진행형 비(非)인간

명(命)도 운(運)도 버린
고아가 된 흑조가 천지를 빙빙 돌았다

2022년 2월
함기석

예컨대, 서쪽 노을이 나의 외부이기도 하지만 그게 생활의 불온이며 내부라는 짐작을 한다. 내부는 애면글면 또 누군가의 외부, 지금 내 눈동자와 눈썹까지 들여다보거나 헹구어야 하는 이유이기도 하다.

제임스 터렐의 〈간츠펠트(Ganzfeld)〉에서 시작한 시집의 1부 이전에 이미 이상과 김소운의 결핵문학과 『르베르디 시선』 위로 페소아와 페소아들이 뒤섞이며 2부와 3부의 시절이 엮어졌다.

2022년 5월
송재학

택시 안에서 돌아보니 4기 폐암 환자인 그가
인천사랑병원 환자복을 입고
자신의 손바닥 안에다 담뱃불을 붙이고 있다
그는 지금 외로울까 후련할까
죽음을 통보받은 사람의 재담에 우리는 울다가 웃다가
꽤나 속이 쓰라렸다. 아직 살아 있는 동안에는
그가 나이롱환자인지 우리가 나이롱환자인지
모르게 되는 경이의 순간이 있다

죽었다 깨어났을 때 하는 대부분의 사람의 말은 '덤'이다

2022년 6월
박판식

좋은 집에 살고 싶고 그 집의 가격이 오르길 바라는 사람의 마음은 어쩔 수 없는 것이라고 저녁을 먹으며 평소 친애하는 시인에게 가르치듯 말했다. 그날 밤부터 지금까지 후회한다. 요즘 하는 말이 대체로 그런 식이다. 함부로 말하고 깊이 후회한다. 시를 후회하는 용도로 쓰고 있는 게 아닌가 걱정이다. 현실에 이토록이나 완벽하게 투항했는데, 무릎 꿇고 빌고 있는 주제에, 도가니와 손모가지의 멋진 각도를 계산하는 것이다. 좋은 집에 살고 싶고 그 집의 가격이 오르면 좋겠다는 사람의 마음은 사실 내 것이다. 이제는 하다하다 시를 고백하는 용도로 쓰려고 하는가? 그럴지도 모른다. 아마도 그러할 것이다. 지껄이고 후회하고 고백하고 지껄이고 후회하고 고백하는 삶에 시가 끼어들어 자꾸 묻는다. 너 지금 뭐하느냐고. 너 지금 그렇게 사는 게 맞느냐고. 대답할 수 없어 썼다. 실패하는 마음의 한가운데에서 스스로 만든 지옥에 중독된 채로.

2022년 6월
서효인

뾰족뾰족하고 울퉁불퉁하고 길게 선회하는 것이 있고, 불쑥 솟아오르거나 낮게 웅크리고 더 낮게 냇물을 따르다가 숨을 참고 가라앉기도 하는 이 들판을 비웠다가 채웠다가 비웠다가 채웠다가…… 한다.

2022년 초여름

조말선

전자식 자연 관찰소에서 처음
한 줌의 양털을 받아왔을 때
그게 전기양으로 자라날 것이라고는 생각하지 못했어
처음으로 그게 네 다리로 일어섰을 때
조금 두렵기까지 했으니까
부드러운 양털을 쓰다듬으며 네가
흰 털이 피로 물들 때까지 부드러운 양털을 쓰다듬으며 네가
내 이름을 부를 때면 나는
목에 단 종을 흔들며 비뚤어진 웃음을 웃었지

나의 치욕은 나의 것일 뿐
파랗게 빛을 내는 질문지에 네 이름을 써

2022년 6월
이원석

이번 生의 역할놀이를 나름 계속 해나가고 있다.
네번째 시집이다.

게으른 것은 알고 있다.
무슨 상관이람.
어차피 평생 써야 하는데.

다행히 아직 지겹지는 않다.
시 쓰는 법을 매번 까먹기 때문이다.

2022년 이른 여름
정재학

스타일은 내부에서 온다.

2022년 7월
박승열

시에스타, 도시의 모두가 잠든 시간
점점 더 바다 쪽으로
점점 더 바다 쪽으로
3km 안 해변을 알려주는 표지판
이 무더위 끝에 사랑이 언제 멈춘 것인지 알게 된다

*

나는 그냥 행복하네 달려도 달려도 올리브나무가 보이는 곳에서
삶에 대한 쓸모없는 집착에서 자유로우며 날아오르네 매일 꿈꾸고 내일이 즐거워 우리가 파랑을 너무 사랑하니까 나는 그것에 맞춰 춤출 수 있네 무한 속에서 희미하지 않게 아름답게 용기 내어 여기까지 살아온 내가 고맙다

2022년 7월
주하림

관상용 식물은 눈이 없으면 필요
없어진다
그리고 우리는 눈의 노예가 아니다

지하철에서 꽂고 있는 이어폰은 귀가 없으면 필요
없어진다
우리는 귀의 노예도 아니다

귀가 후 마시는 한 잔의 위스키는 코가 없으면 필요
없어진다
우리는 코의 노예도 아니다

진심을 다해 부르는 노래는 혀가 없으면 필요
없어진다
우리는 혀의 노예도 아니다

외로울 때 서로 살 비벼대는 일은 피부가 없으면 필요
없어진다
우리는 피부의 노예도 아니다

그리고 무엇보다도 시는
마음이 없으면 필요 없어진다
우리는 마음의 노예까지도 아니다

나는 밤의 해변에 홀로 앉아
이 모든 것을 초자연적 3D 프린터로
백지 위에 고요히 출력해본다

2022년 8월
황유원

십수 년 저쪽의 무너지는 협곡과 일상의, 미래의, 피 묻은 붉은 협곡 사이를 잇는 다리를 놓으려고 늦은 새벽 등불을 켜곤 했다.

거미줄로 엮은 일야교(一夜橋), 아침이면 무너지고 없는 다리 아래로
그 잿빛 강물 위로 사랑하는 사람들이 하나둘 떠나갔다.

오랫동안 숱한 사랑의 꽃다발을, 몸짓을, 문장을 보내주는 그대들께 눈짓 한번 제대로 주지 않았던 이 무정함.

다시 지어 입을 환희의 문장들, 채색 기둥 위에 빛나는 햇살과 고대 철학을 함께 공부하던 질풍노도의 빛나던 눈동자들, 그 눈부심이 없었다면 어두운 시의 자리로 돌아오기조차 어려웠으리라.

순정하고 아름다운, 그 소녀 소년들, 청년들께, 그대들께, 아침마다 다시 피어날 이슬 묻은 나팔꽃 다발을, 이 시집을, 드린다.

2022년 8월
정화진

돌아보면 돌이 되는 길
막막하고 가엾은 시간들을
나 걸어왔으리
아득히 홀로 여기에
이 슬픔에 이르렀으리
탄식과 비탄 속에서도
햇빛은 좋았네
바람은 때때로 잠잠했었네
당신은 거기에서
나는 여기에서
꽃잎처럼 또 흩어져가리

2022년 9월
김명리

혼자다 싶을 때
그 많은 잎들 다 어디 가고
혼자 떨고 있나 싶을 때
나무는 본다 비로소
공중으로 뻗어간 뼈를
하늘의 엽맥을

광대무변한
이 잎은 아무도
떼어갈 수 없다

2022년 10월
손택수

누군가 내 쪽으로 간신히 내뱉은 한마디가 있었다.

울대 없는 새와
노래를 부를 수 없는 사람들

두고 온 말이 있어
바람 아래 서 있다.

2022년 10월
허은실

염치에서 서울까지

나였던 나를
내가 아니었을 나를

도무지 알 수 없는 나를

나와 함께
때로는 너와 함께
밀고 가는 중이다.

2022년 11월
심언주

다섯번째 시집을 묶는다.

내 시가 꼭 오늘날의 이야기가 아니라 해도
몇백 년 전에 이미 죽은 사람들의 이야기라 해도
설사 시가 아니라 해도
삐뚤삐뚤, 비틀비틀, 넘어지고, 엎어지면서도
나는 계속 시를 써왔다.
아무도, 아무것도 아닌 내가
한 편의 시로 다시 태어날 때마다
나는 내 시 안에 뿌리내린 세상이, 사람들이, 사물들이
너무나 고맙고 행복했다.
문학이라는 그 사나운 팔자가.

2022년 11월
김상미

어느 여름날, 나를 키우던 아픈 사람이
앞머리를 쓸어주며 이렇게 말했다.

온 세상이 멸하고 다 무너져내려도
풀 한 포기 서 있으면 있는 거란다.

있는 거란다. 사랑과 마음과 진리의 열차가
변치 않고 그대로 있는 거란다.

2022년 12월
고명재

타다 만 삭정이로 얼기설기 얽은 둥우리로
날아든 새
핏방울 묻은 한 소절 노래를 부르다 사라진 새

그가 남기고 간 깃털의 온기를 주워
여섯번째 가난을 엮는다

손차양하고
눈앞에 펼쳐진 먼지의 길을 바라본다

아득하다

알지 못할 그곳은 아직도 멀다

2022년 겨울
장옥관

이 시들을 쓰면서 나는 대체로 취해 있었고 새벽이었다. 문득 시인의 말을 편지로 쓰면 좋겠다고 생각했는데, 시를 쓰는 동안 나의 친구가 자주 떠올랐기 때문이다.

잘 지내? 너는 천사가 나오는 시를 싫어했지. 천사라는 존재가 특별하고 아름답게 표현되는 것이 싫다고 했잖아. 내가 너의 말에 동의하지 않아서 해뜰 때까지 다투는 날이 많았지.

언제나 미러볼과 전자음악과 알코올의 밤이었다. 어쩌다 우리가 멀어지게 된 걸까? 서로를 너무 많이 낭비한 탓일까? 하지만 나는 한 번도 후회한 적 없었어.

지금 만나게 되면 우리는 무슨 대화를 나눌까. 너는 여전히 졸린 눈으로 취하고, 춤을 추고, 시시한 대화를 즐기곤 할까.

나는 너를 이해하고 싶었고 그래서 내가 썼다. 특별하지 않고 아름답지 않은 천사를. 인간과 다를 바 없는 천사에 대한 시를. 너는 이 시집을 마음에 들어할까? 만약 우리 다시 만나면

이제 다투지 않게 될까? 어디선가

나의 친구, 네가 이걸 읽는다고 생각하면 내가 다 괜찮아진다.

아직도 헤매며 이 세계 어디서 너 혼자.

2023년 1월
양안다

손에서 손으로
열리는 것을 봅니다.

2023년 2월
안미옥

언젠가 거듭 작별하는 꿈에서 너는
손 위에 검은 돌멩이를 쥐여주며 말했지

"새를 잘 부탁해. 죽었지만"

2023년 3월
육호수

당신이 곤고했던 농부의 몸에서 내린 밤
집 앞 텃논에 평생 새긴 별보다 많은 발자국이 한순간 환하게 하늘로 올라가는 걸 보았습니다.

나는 이제 저 어둑해진 텃논의 유업을 밝히기 위해

날마다 맨발로 소를 몰고 나가
캄캄한 무논을 갈아엎는 심정으로 당신의 빛나는 발자국을 따라가겠습니다.

2023년 3월
이덕규

매일 아침
절벽 아래 떨어진
참혹한 인간을 발견한다
아무것도 기억하지 못하는
아무것도 아닌 인간
제로의 인간
내 얼굴을 한 물거품의 인간
기다림은 그의 전문이 아니지만
그가 할 일은 그것뿐이다

2023년 3월
김개미

시를 기다리지 않는다
봄비 걱정을 하고
이웃집 근심도 같이 나누면서
밭을 고르는 선량한 농부 곁에
서 있다 간다
그가 허리를 펴고 서서
시는 잘 써지냐고 내게
묻는다
그렇게 잠깐 서서
비의 기별을 기다리며
쉬시라고
하였다

2023년 4월
김용택

목욕 끝낸 아이의 복사뼈와 뒤꿈치에 로션을 발라준다. 아이도 이제 익숙한지 까치발 하고 기다린다. 나 죽고 나서 언젠가, 다 늙어서도 매끌매끌한 저 발을 누군가 알아봐주면 좋겠다.

2023년 5월
김상혁

홀을 걸어오는 너의 신발 소리
글자를 쓸 때 새끼손가락의 각도
무지개 횡단보도는 물론이고

뜻을 모르는 외국어를 볼 때마다
궁금해
너는 무슨 생각을 할까
너는 이 계절을 어떻게 보낼까
너는 항상
무슨 생각을 하고 있다고
이 계절엔 이직을 할 거라고 얘기해주지만

캠핑의 마지막 밤처럼
만화책의 21권처럼
보풀이 생겨버린 아끼는 니트 티셔츠처럼

꼭 한 가지 질문이 더 생겨나고
모닥불은 가끔 타닥 소리를 내고

시카고 매뉴얼
물붓
나타냄말
네 개 묶음
단어가 나타날 때 순간

궁금해

너는 무슨 생각을 할까

2023년 6월

김은지

(당신이 먹으려던 자두는
당신이 먹었습니다)

(이야기는 그렇게 시작됩니다)

2023년 6월
황인찬

영혼은 어디 있을까?

너의 배꼽

그치, 우린 질문으로 시작해야지

2023년 6월
백은선

이제는 작별의 시간이다.

2023년 6월
정영효

아직 잠들지 마
우리는 현실을 사냥해야 해

2023년 6월
문보영

불행이 기다릴까 자주 버스에서 내리지 못했다.
존재를 증명해내는 불행의 기이함에 끌린 것도 사실이지만
그 가치는 종종 무의미했으며 위로가 되지 못했다.

다시 십여 년의 세월을 보내고 겨우 두번째 시집을 낸다.

의미를 두자니 변명에 가까웠고 여백으로 남기자니 공허했다.
나의 말들은 웬만해선 잘 뭉쳐지지 않았고 그래서 멀리 던질 수도 없었다.
비틀거리며 날아가는 나비와, 테이블 앞에 앉아 있는 고등어
또 발목이 사라져버린 사람까지,
그 유령 같은 이음동의어들을 간신히 한데 모아두었다.
이제
가운데 선을 긋고 오 엑스로 나누어지는 게임,
그 게임에서 나는 무리를 버리고 혼자 그 선을 넘어온 것만 같다.

두렵지만 두렵지 않게,
가볍지 않은 마음으로 가볍게,
부디 목요일에 우리 다시 만날 수 있기를.

나의 생일 다음날을 골라 떠나신 어머니가 보고 싶다.

2023년 여름

천서봉

귀 둘로는 모자라
커다란 귀 하나를 들여왔습니다. 잘 돌보려고요.

2023년 한여름
한연희

저자 소개

001 최승호
1977년 『현대시학』을 통해 등단했다. 시집으로 『대설주의보』 『고슴도치의 마을』 『진흙소를 타고』 『세속도시의 즐거움』 『회저의 밤』 『반딧불 보호구역』 『눈사람』 『여백』 『그로테스크』 『모래인간』 『아무것도 아니면서 모든 것인 나』 『고비』 『북극 얼굴이 녹을 때』 『아메바』 『허공을 달리는 코뿔소』 『방부제가 썩는 나라』가 있다.

002 허수경
1987년 『실천문학』을 통해 등단했다. 시집으로 『슬픔만한 거름이 어디 있으랴』 『혼자 가는 먼 집』 『내 영혼은 오래되었으나』 『청동의 시간 감자의 시간』 『빌어먹을, 차가운 심장』 『누구도 기억하지 않는 역에서』가 있다.

003 송재학
1986년 『세계의문학』을 통해 등단했다. 시집으로 『얼음시집』 『살레시오네 집』 『푸른빛과 싸우다』 『그가 내 얼굴을 만지네』 『기억들』 『진흙 얼굴』 『내간체(內簡體)를 얻다』 『날짜들』 『검은색』 『슬프다 풀 끗혜 이슬』 『아침이 부탁했다, 결혼식을』이 있다.

004 김언희
1989년 『현대시학』을 통해 등단했다. 시집으로 『트렁크』 『말라죽은 앵두나무 아래 잠자는 저 여자』 『뜻밖의 대답』 『요즘 우울하십니까?』 『보고 싶은 오빠』 『GG』가 있다.

005 조인호
2006년 『문학동네』를 통해 등단했다. 시집으로 『방독면』이 있다.

006 이홍섭
1990년 『현대시세계』를 통해 등단했다. 시집으로 『강릉, 프라하, 함흥』 『숨결』 『가도 가도 서쪽인 당신』 『터미널』 『검은 돌을 삼키다』가 있다.

007 정한아
2006년 『현대시』를 통해 등단했다. 시집으로 『어른스런 입맞춤』 『울프 노트』가 있다.

008 성미정
1994년 『현대시학』을 통해 등단했다. 시집으로 『대머리와의 사랑』 『사랑은 야채 같은 것』 『상상 한 상자』 『읽자마자 잊혀져버려도』가 있다.

009 김안
2004년 『현대시』를 통해 등단했다. 시집으로 『오빠생각』 『미제레레』 『아무는 밤』이 있다.

010 조동범
2002년 『문학동네』를 통해 등단했다. 시집으로 『심야 배스킨라빈스 살인사건』 『카니발』 『금욕적인 사창가』 『존과 제인처럼 우리는』이 있다.

011 장이지
2000년 『현대문학』을 통해 등단했다. 시집으로 『안국동울음상점』 『연꽃의 입술』 『라플란드 우체국』 『레몬옐로』 『해저의 교실에서 소년은 흰 달을 본다』가 있다.

012 윤진화
2005년 세계일보 신춘문예를 통해 등단했다. 시집으로 『우리의 야생소녀』 『모두의 산책』이 있다.

013 천서봉
2005년 『작가세계』를 통해 등단했다. 시집으로 『서봉氏의 가방』 『수요일은 어리고 금요일은 너무 늙어』가 있다.

014 김형술
1992년 『현대문학』을 통해 등단했다. 시집으로 『의자와 이야기하는 남자』 『의자, 벌레, 달』 『나비의 침대』 『물고기가 온다』 『무기와 악기』 『타르초, 타르초』 『사이키, 사이키델릭』이 있다.

015 장석남
1987년 경향신문 신춘문예를 통해 등단했다. 시집으로 『새떼들에게로의 망명』 『지금은 간신히 아무도 그립지 않을 무렵』 『젖은 눈』 『왼쪽 가슴 아래께에 온 통증』『미소는, 어디로 가시려는가』『뺨에 서쪽을 빛내다』『고요는 도망가지 말아라』『꽃 밟을 일을 근심하다』가 있다.

016 임현정
2001년『현대시』를 통해 등단했다. 시집으로『꼭 같이 사는 것처럼』『사과시럽눈동자』『무릎에 무릎을 맞대고 Kiss』가 있다.

017 김병호
1998년『작가세계』를 통해 등단했다. 시집으로『과속방지턱을 베고 눕다』『포이톨로기(poetologie)』『밍글맹글』이 있다.

018 이은규
2008년 동아일보 신춘문예를 통해 등단했다. 시집으로『다정한 호칭』『오래 속삭여도 좋을 이야기』『무해한 복숭아』가 있다.

019 김경후
1998년『현대문학』을 통해 등단했다. 시집으로『그날 말이 돌아오지 않는다』『열두 겹의 자정』『오르간, 파이프, 선인장』『울려고 일어난 겁니다』가 있다.

020 안도현
1981년 매일신문 신춘문예를 통해 등단했다. 시집으로『서울로 가는 전봉준』『모닥불』『그대에게 가고 싶다』『외롭고 높고 쓸쓸한』『그리운 여우』『아무것도 아닌 것에 대하여』『바닷가 우체국』『너에게 가려고 강을 만들었다』『간절하게 참 철없이』『북항』『능소화가 피면서 악기를 창가에 걸어둘 수 있게 되었다』가 있다.

021 김륭
2007년 강원일보 신춘문예에 동시, 문화일보 신춘문예에 시가 당선되어 등단했다. 시집으로『살구나무에 살구비누 열리고』『원숭이의 원숭이』『애인에게 줬다가 뺏은 시』『나의 머랭 선생님』이 있다.

022 함기석
1992년 『작가세계』를 통해 등단했다. 시집으로 『국어선생은 달팽이』 『착란의 돌』 『뽈랑공원』 『오렌지 기하학』 『힐베르트 고양이 제로』 『디자인하우스 센텐스』 『음시』가 있다.

023 이현승
2002년 『문예중앙』을 통해 등단했다. 시집으로 『아이스크림과 늑대』 『친애하는 사물들』 『생활이라는 생각』 『대답이고 부탁인 말』이 있다.

024 서대경
2004년 『시와세계』를 통해 등단했다. 시집으로 『백치는 대기를 느낀다』 『굴뚝의 기사』가 있다.

025 장대송
1991년 동아일보 신춘문예를 통해 등단했다. 시집으로 『옛날 녹천으로 갔다』 『섬들이 놀다』 『스스로 웃는 매미』가 있다.

026 김이강
2006년 『시와세계』를 통해 등단했다. 시집으로 『당신 집에서 잘 수 있나요?』 『타이피스트』가 있다.

027 조말선
1998년 부산일보 신춘문예와 『현대시학』을 통해 등단했다. 시집으로 『매우 가벼운 담론』 『둥근 발작』 『재스민 향기는 어두운 두 개의 콧구멍을 지나서 탄생했다』 『이해할 수 없는 점이 마음에 듭니다』가 있다.

028 박연준
2004년 중앙신인문학상을 통해 등단했다. 시집으로 『속눈썹이 지르는 비명』 『아버지는 나를 처제, 하고 불렀다』 『베누스 푸디카』 『밤, 비, 뱀』이 있다.

029 신동옥
2001년 『시와반시』를 통해 등단했다. 시집으로 『악공, 아나키스트

기타』『웃고 춤추고 여름하라』『고래가 되는 꿈』『밤이 계속될 거야』『달나라의 장난 리부트』『앙코르』가 있다.

030 **이승희**
1999년 경향신문 신춘문예를 통해 등단했다. 시집으로 『저녁을 굶은 달을 본 적이 있다』『거짓말처럼 맨드라미가』『여름이 나에게 시킨 일』이 있다.

031 **곽은영**
2006년 동아일보 신춘문예를 통해 등단했다. 시집으로 『검은 고양이 흰 개』『불한당들의 모험』『관목들』이 있다.

032 **박준**
2008년 『실천문학』을 통해 등단했다. 시집으로 『당신의 이름을 지어다가 며칠은 먹었다』『우리가 함께 장마를 볼 수도 있겠습니다』가 있다.

033 **박지웅**
2004년 『시와사상』과 2005년 문화일보 신춘문예를 통해 등단했다. 시집으로 『너의 반은 꽃이다』『구름과 집 사이를 걸었다』『빈 손가락에 나비가 앉았다』『나비가면』이 있다.

034 **김승희**
1973년 경향신문 신춘문예를 통해 등단했다. 시집으로 『태양 미사』『왼손을 위한 협주곡』『미완성을 위한 연가』『달걀 속의 생』『어떻게 밖으로 나갈까』『세상에서 가장 무거운 싸움』『빗자루를 타고 달리는 웃음』『냄비는 둥둥』『희망이 외롭다』『도미는 도마 위에서』『단무지와 베이컨의 진실한 사람』이 있다.

035 **서상영**
1993년 『문예중앙』을 통해 등단했다. 시집으로는 『꽃과 숨기장난』『눈과 오이디푸스』가 있다.

036 **장옥관**
1987년 『세계의문학』을 통해 등단했다. 시집으로 『황금 연못』『바퀴

소리를 듣는다』『하늘 우물』『달과 뱀과 짧은 이야기』『그 겨울 나는 북벽에서 살았다』『사람이 없었다고 한다』가 있다.

037 **김충규**
1998년『문학동네』를 통해 등단했다. 시집으로『낙타는 발자국을 남기지 않는다』『그녀가 내 멍을 핥을 때』『물 위에 찍힌 발자국』『아무 망설임 없이』『라일락과 고래와 내 사람』이 있다

038 **오은**
2002년『현대시』를 통해 등단했다. 시집으로『호텔 타셀의 돼지들』『우리는 분위기를 사랑해』『유에서 유』『왼손은 마음이 아파』『나는 이름이 있었다』『없음의 대명사』가 있다.

039 **이사라**
1981년『문학사상』을 통해 등단했다. 시집으로『히브리인의 마을 앞에서』『숲속에서 묻는다』『시간이 지나간 시간』『가족박물관』『훗날 훗사람』『저녁이 쉽게 오는 사람에게』가 있다.

040 **윤성학**
2002년 문화일보 신춘문예를 통해 등단했다. 시집으로『당랑권 전성시대』『쌍칼이라 불러다오』가 있다.

041 **박상수**
2000년『동서문학』에 시, 2004년『현대문학』에 평론이 당선되어 등단했다. 시집으로『후르츠 캔디 버스』『숙녀의 기분』『오늘 같이 있어』『너를 혼잣말로 두지 않을게』가 있다.

042 **고형렬**
1979년『현대문학』을 통해 등단했다. 시집으로『대청봉 수박밭』『해청』『서울은 안녕한가』『사진리 대설』『바닷가의 한 아이에게』『마당식사가 그립다』『성에꽃 눈부처』『김포 운호가든집에서』『밤 미시령』『나는 에르덴조 사원에 없다』『유리체를 통과하다』『지구를 이승이라 불러줄까』『아무도 찾아오지 않는 거울이다』『오래된 것들을 생각할 때에는』이 있다.

043 **리산**

2006년 『시안』을 통해 등단했다. 시집으로 『쓸모없는 노력의 박물관』 『메르시, 이대로 계속 머물러주세요』가 있다.

044 **손월언**

1989년 『심상』을 통해 등단했다. 시집으로 『오늘도 길에서 날이 저물었다』 『마르세유에서 기다린다』가 있다.

045 **윤성택**

2001년 『문학사상』을 통해 등단했다. 시집으로 『리트머스』 『감(感)에 관한 사담들』이 있다.

046 **조영석**

2004년 『문학동네』를 통해 등단했다. 시집으로 『선명한 유령』 『토이 크레인』이 있다.

047 **이향**

2002년 매일신문 신춘문예를 통해 등단했다. 시집으로 『희다』 『침묵이 침묵에게』가 있다.

048 **윤제림**

1987년 『문예중앙』을 통해 등단했다. 시집으로 『삼천리호 자전거』 『미미의 집』 『황천반점』 『사랑을 놓치다』 『그는 걸어서 온다』 『새의 얼굴』 『편지에는 그냥 잘 지낸다고 쓴다』가 있다.

049 **박태일**

1980년 중앙일보 신춘문예를 통해 등단했다. 시집으로 『그리운 주막』 『가을 악견산』 『약쑥 개쑥』 『풀나라』 『달래는 몽골 말로 바다』 『옥비의 달』이 있다.

051 **이준규**

2000년 『문학과사회』를 통해 등단했다. 시집으로 『흑백』 『토마토가 익어가는 계절』 『삼척』 『네모』가 있다.

052 이문재

1982년 『시운동』을 통해 등단했다. 시집으로 『내 젖은 구두 벗어 해에게 보여줄 때』 『산책시편』 『마음의 오지』 『제국호텔』 『지금 여기가 맨 앞』 『혼자의 넓이』가 있다.

053 정철훈

1997년 『창작과비평』을 통해 등단했다. 시집으로 『살고 싶은 아침』 『내 졸음에도 사랑은 떠도느냐』 『개 같은 신념』 『빼쩨르부르그로 가는 마지막 열차』 『빛나는 단도』 『만주만리』 『가만히 깨어나 혼자』가 있다.

054 이규리

1994년 『현대시학』을 통해 등단했다. 시집으로 『앤디 워홀의 생각』 『뒷모습』 『최선은 그런 것이에요』 『당신은 첫눈입니까』가 있다.

055 이현호

2007년 『현대시』를 통해 등단했다. 시집으로 『라이터 좀 빌립시다』 『아름다웠던 사람의 이름은 혼자』 『비물질』이 있다.

056 최서림

1993년 『현대시』를 통해 등단했다. 시집으로 『이서국으로 들어가다』 『유토피아 없이 사는 법』 『세상의 가시를 더듬다』 『구멍』 『물금』 『버들치』 『시인의 재산』이 있다.

057 윤희상

1989년 『세계의문학』을 통해 등단했다. 시집으로 『고인돌과 함께 놀았다』 『소를 웃긴 꽃』 『이미, 서로 알고 있었던 것처럼』 『머물고 싶다 아니, 사라지고 싶다』가 있다.

058 임선기

1994년 『작가세계』를 통해 등단했다. 시집으로 『호주머니 속의 시』 『꽃과 꽃이 흔들린다』 『항구에 내리는 겨울 소식』 『거의 블루』 『피아노로 가는 눈밭』이 있다.

059 천수호

2003년 조선일보 신춘문예를 통해 등단했다. 시집으로 『아주 붉은 현기증』 『우울은 허밍』 『수건은 젖고 댄서는 마른다』가 있다.

060 강정

1992년 『현대시세계』를 통해 등단했다. 시집으로 『처형극장』 『들려주려니 말이라 했지만,』 『키스』 『활』 『귀신』 『백치의 산수』 『그리고 나는 눈먼 자가 되었다』 『커다란 하양으로』가 있다.

061 임경섭

2008년 중앙신인문학상을 통해 등단했다. 시집으로 『죄책감』 『우리는 살지도 않고 죽지도 않는다』가 있다.

062 김선태

1993년 광주일보 신춘문예를 통해 등단했다. 시집으로 『간이역』 『작은 엽서』 『동백숲에 길을 묻다』 『살구꽃이 돌아왔다』 『그늘의 깊이』 『한 사람이 다녀갔다』 『햇살 택배』 『짧다』가 있다.

063 정끝별

1988년 『문학사상』에 시, 1994년 동아일보 신춘문예에 평론이 당선되어 등단했다. 시집으로 『자작나무 내 인생』 『흰 책』 『삼천갑자 복사빛』 『와락』 『은는이가』 『봄이고 첨이고 덤입니다』 『모래는 뭐래』가 있다.

064 주원익

2007년 『문학동네』를 통해 등단했다. 시집으로 『있음으로』가 있다.

065 민구

2009년 조선일보 신춘문예를 통해 등단했다. 시집으로 『배가 산으로 간다』 『당신이 오려면 여름이 필요해』가 있다.

066 정영효

2009년 서울신문 신춘문예를 통해 등단했다. 시집으로 『계속 열리는 믿음』 『날씨가 되기 전까지 안개는 자유로웠고』가 있다.

067 **김윤이**
2007년 조선일보 신춘문예를 통해 등단했다. 시집으로 『흑발 소녀의 누드 속에는』『독한 연애』『다시 없을 말』이 있다.

068 **여성민**
2010년 『세계의문학』에 단편소설, 2012년 서울신문 신춘문예에 시가 당선되어 등단했다. 시집으로 『에로틱한 찰리』가 있다.

069 **박은정**
2011년 『시인세계』를 통해 등단했다. 시집으로 『아무도 모르게 어른이 되어』『밤과 꿈의 뉘앙스』가 있다.

070 **이선욱**
2009년 『문학동네』를 통해 등단했다. 시집으로 『탁, 탁, 탁』이 있다.

071 **최문자**
1982년 『현대문학』을 통해 등단했다. 시집으로 『귀 안에 슬픈 말 있네』『나는 시선 밖의 일부이다』『울음소리 작아지다』『나무 고아원』『그녀는 믿는 버릇이 있다』『사과 사이사이 새』『파의 목소리』『우리가 훔친 것들이 만발한다』『해바라기밭의 리토르넬로』가 있다.

072 **권기만**
2012년 『시산맥』을 통해 등단했다. 시집으로 『발 달린 벌』이 있다.

073 **고영민**
2002년 『문학사상』을 통해 등단했다. 시집으로 『악어』『공손한 손』『사슴공원에서』『구구』『봄의 정치』가 있다.

074 **함명춘**
1991년 서울신문 신춘문예를 통해 등단했다. 시집으로 『빛을 찾아 나선 나뭇가지』『무명시인』『지하철엔 해녀가 산다』가 있다.

075 **김연숙**
2002년 『문학사상』을 통해 등단했다. 시집으로 『눈부신 꽝』이 있다.

076 **고진하**
1987년 『세계의문학』을 통해 등단했다. 시집으로 『지금 남은 자들의 골짜기엔』 『프란체스코의 새들』 『우주배꼽』 『얼음수도원』 『거룩한 낭비』 『명랑의 둘레』 『야생의 위로』가 있다.

077 **이덕규**
1998년 『현대시학』을 통해 등단했다. 시집으로 『다국적 구름공장 안을 엿보다』 『밥그릇 경전』 『놈이었습니다』 『오직 사람 아닌 것』이 있다.

078 **정한용**
1985년 『시운동』을 통해 등단했다. 시집으로 『얼굴 없는 사람과의 약속』 『슬픈 산타페』 『나나 이야기』 『흰 꽃』 『유령들』 『거짓말의 탄생』 『천 년 동안 내리는 비』가 있다.

079 **류경무**
1999년 『시와반시』를 통해 등단했다. 시집으로 『양이나 말처럼』이 있다.

080 **박시하**
2008년 『작가세계』를 통해 등단했다. 시집으로 『눈사람의 사회』 『우리의 대화는 이런 것입니다』 『무언가 주고받은 느낌입니다』 『8월의 빛』이 있다.

081 **김현서**
1996년 『현대시사상』에 시, 2007년 한국일보 신춘문예에 동시가 당선되어 등단했다. 시집으로 『코르셋을 입은 거울』 『나는 커서』가 있다.

082 **김정환**
1980년 『창작과비평』을 통해 등단했다. 시집으로 『지울 수 없는 노래』 『황색예수전』 『회복기』 『좋은 꽃』 『해방서시』 『우리, 노동자』 『기차에 대하여』 『사랑, 피티』 『희망의 나이』 『하나의 이인무와 세 개의 일인무』 『노래는 푸른 나무 붉은 잎』 『텅 빈 극장』 『순금의 기억』 『해가 뜨다』 『하노이—서울 시편』 『레닌의 노래』 『드러남과 드러냄』 『거룩한 줄넘기』『유년의 시놉시스』『거푸집 연주』『내 몸에 내려앉은 지명(地名)』『소리 책력』『개인의 거울』『자수견본집』이 있다.

083 장철문

1994년 『창작과비평』을 통해 등단했다. 시집으로 『바람의 서쪽』『산벚나무의 저녁』『비유의 바깥』이 있다.

084 김민정

1999년 『문예중앙』을 통해 등단했다. 시집으로 『날으는 고슴도치 아가씨』『그녀가 처음, 느끼기 시작했다』『아름답고 쓸모없기를』『너의 거기는 작고 나의 여기는 커서 우리들은 헤어지는 중입니다』가 있다.

085 박정대

1990년 『문학사상』을 통해 등단했다. 시집으로 『단편들』『내 청춘의 격렬비열도엔 아직도 음악 같은 눈이 내리지』『아무르 기타』『사랑과 열병의 화학적 근원』『삶이라는 직업』『모든 가능성의 거리』『체 게바라 만세』『그녀에서 영원까지』『불란서 고아의 지도』『라흐 뒤 프루콩 드 네주 말하자면 눈송이의 예술』이 있다.

086 김상혁

2009년 『세계의문학』을 통해 등단했다. 시집으로 『이 집에서 슬픔은 안 된다』『다만 이야기가 남았네』『슬픔 비슷한 것은 눈물이 되지 않는 시간』『우리 둘에게 큰일은 일어나지 않는다』가 있다.

087 길상호

2001년 한국일보 신춘문예를 통해 등단했다. 시집으로 『오동나무 안에 잠들다』『모르는 척』『눈의 심장을 받았네』『우리의 죄는 야옹』『오늘의 이야기는 끝이 났어요 내일 이야기는 내일 하기로 해요』가 있다.

088 문성해

1998년 매일신문 신춘문예와 2003년 경향신문 신춘문예를 통해 등단했다. 시집으로 『자라』『아주 친근한 소용돌이』『입술을 건너간 이름』『밥이나 한번 먹자고 할 때』『내가 모르는 한 사람』이 있다.

089 **이문숙**
1991년 『현대시학』을 통해 등단했다. 시집으로 『한 발짝을 옮기는 동안』 『천둥을 쪼개고 씨앗을 심다』 『무릎이 무르팍이 되기까지』가 있다.

090 **허은실**
2010년 『실천문학』을 통해 등단했다. 시집으로 『나는 잠깐 설웁다』 『회복기』가 있다.

091 **김개미**
2005년 『시와반시』에 시, 2010년 『창비어린이』에 동시가 당선되어 등단했다. 시집으로 『앵무새 재우기』 『자면서도 다 듣는 애인아』 『악마는 어디서 게으름을 피우는가』 『작은 신』이 있다.

092 **김상미**
1990년 『작가세계』를 통해 등단했다. 시집으로 『모자는 인간을 만든다』 『검은, 소나기떼』 『잡히지 않는 나비』 『우린 아무 관계도 아니에요』 『갈수록 자연이 되어가는 여자』가 있다.

093 **김학중**
2009년 『문학사상』을 통해 등단했다. 시집으로 『창세』 『바닥의 소리로 여기까지』가 있다.

094 **박해석**
1995년 국민일보문학상을 통해 등단했다. 시집으로 『눈물은 어떻게 단련되는가』 『견딜 수 없는 날들』 『하늘은 저쪽』 『중얼거리는 천사들』이 있다.

095 **허영선**
1980년 『심상』을 통해 등단했다. 시집으로 『추억처럼 나의 자유는』 『뿌리의 노래』 『해녀들』이 있다.

096 **신철규**
2011년 조선일보 신춘문예를 통해 등단했다. 시집으로 『지구만큼 슬펐다고 한다』 『심장보다 높이』가 있다.

097 권대웅

1988년 조선일보 신춘문예를 통해 등단했다. 시집으로 『당나귀의 꿈』 『조금 쓸쓸했던 생의 한때』 『나는 누가 살다 간 여름일까』가 있다.

098 이희중

1987년 『현대시학』에 시, 1992년 경향신문 신춘문예에 평론이 당선되어 등단했다. 시집으로 『푸른 비상구』 『참 오래 쓴 가위』 『나는 나를 간질일 수 없다』가 있다.

099 안정옥

1990년 『세계의문학』을 통해 등단했다. 시집으로 『붉은 구두를 신고 어디로 갈까요』 『나는 독을 가졌네』 『나는 걸어 다니는 그림자인가』 『아마도』 『헤로인』 『내 이름을 그대가 읽을 날』 『그러나 돌아서면 그만이다』 『연애의 위대함에 대하여』 『다시 돌아 나올 때의 참담함』이 있다.

101 문태준

1994년 『문예중앙』을 통해 등단했다. 시집으로 『수런거리는 뒤란』 『맨발』 『가재미』 『그늘의 발달』 『먼 곳』 『우리들의 마지막 얼굴』 『내가 사모하는 일에 무슨 끝이 있나요』 『아침은 생각한다』가 있다.

102 김언

1998년 『시와사상』을 통해 등단했다. 시집으로 『숨쉬는 무덤』 『거인』 『소설을 쓰자』 『모두가 움직인다』 『한 문장』 『너의 알다가도 모를 마음』 『백지에게』가 있다.

103 홍일표

1988년 『심상』과 1992년 경향신문 신춘문예를 통해 등단했다. 시집으로 『살바도르 달리풍의 낮달』 『매혹의 지도』 『밀서』 『나는 노래를 가지러 왔다』 『중세를 적다』 『조금 전의 심장』이 있다.

104 유용주

1991년 『창작과비평』을 통해 등단했다. 시집으로 『가장 가벼운 짐』 『크나큰 침묵』 『은근살짝』 『서울은 왜 이렇게 추운 겨』 『어머이도 저렇게 울었을 것이다』 『내가 가장 젊었을 때』가 있다.

105 **이사라**
1981년 『문학사상』을 통해 등단했다. 시집으로 『히브리인의 마을 앞에서』 『숲속에서 묻는다』 『시간이 지나간 시간』 『가족박물관』 『훗날 훗사람』 『저녁이 쉽게 오는 사람에게』가 있다

106 **장이지**
2000년 『현대문학』을 통해 등단했다. 시집으로 『안국동울음상점』 『연꽃의 입술』 『라플란드 우체국』 『레몬옐로』 『해저의 교실에서 소년은 흰 달을 본다』가 있다.

107 **이수정**
2001년 『현대시학』을 통해 등단했다. 시집으로 『나는 네 번 태어난 기억이 있다』가 있다.

108 **심재휘**
1997년 『작가세계』를 통해 등단했다. 시집으로 『적당히 쓸쓸하게 바람 부는』 『그늘』 『중국인 맹인 안마사』 『용서를 배울 만한 시간』 『그래요 그러니까 우리 강릉으로 가요』가 있다.

109 **박상수**
2000년 『동서문학』에 시, 2004년 『현대문학』에 평론이 당선되어 등단했다. 시집으로 『후르츠 캔디 버스』 『숙녀의 기분』 『오늘 같이 있어』 『너를 혼잣말로 두지 않을게』가 있다.

110 **한영옥**
1973년 『현대시학』을 통해 등단했다. 시집으로 『비천한 빠름이여』 『아늑한 얼굴』 『다시 하얗게』 『슬픔이 오시겠다는 전갈』이 있다.

111 **이현호**
2007년 『현대시』를 통해 등단했다. 시집으로 『라이터 좀 빌립시다』 『아름다웠던 사람의 이름은 혼자』가 있다.

112 **채호기**
1988년 『창작과비평』을 통해 등단했다. 시집으로 『지독한 사랑』 『슬픈 게이』 『밤의 공중전화』 『수련』 『손가락이 뜨겁다』 『레슬링 질 수

밖에 없는』『검은 사슴은 이렇게 말했을 거다』『줄무늬 비닐 커튼』이 있다.

113 **유강희**
1987년 서울신문 신춘문예를 통해 등단했다. 시집으로 『불태운 시집』『오리막』『고백이 참 희망적이네』가 있다.

114 **권민경**
2011년 동아일보 신춘문예를 통해 등단했다. 시집으로 『베개는 얼마나 많은 꿈을 견뎌냈나요』『꿈을 꾸지 않기로 했고 그렇게 되었다』가 있다.

115 **이용한**
1995년 『실천문학』을 통해 등단했다. 시집으로 『정신은 아프다』『안녕, 후두둑 씨』『낮에는 낮잠 밤에는 산책』이 있다.

116 **장석주**
1979년 조선일보 신춘문예를 통해 등단했다. 시집으로 『햇빛사냥』『붕붕거리는 추억의 한때』『크고 헐렁헐렁한 바지』『다시 첫사랑의 시절로 돌아갈 수 있다면』『간장 달이는 냄새가 진동하는 저녁』『붉디붉은 호랑이』『절벽』『몽해항로』『오랫동안』『일요일과 나쁜 날씨』『헤어진 사람의 품에 얼굴을 묻고 울었다』가 있다.

117 **곽재구**
1981년 중앙일보 신춘문예를 통해 등단했다. 시집으로 『사평역에서』『전장포 아리랑』『한국의 연인들』『서울 세노야』『참 맑은 물살』『꽃보다 먼저 마음을 주었네』『와온 바다』『푸른 용과 강과 착한 물고기들의 노래』『꽃으로 엮은 방패』가 있다.

118 **박서영**
1995년 『현대시학』을 통해 등단했다. 시집으로 『붉은 태양이 거미를 문다』『좋은 구름』『연인들은 부지런히 서로를 잊으리라』가 있다.

119 **유계영**
2010년 『현대문학』을 통해 등단했다. 시집으로 『온갖 것들의 낮』『이제는 순수를 말할 수 있을 것 같다』『이런 얘기는 좀 어지러운가』『지금부터는 나의 입장』이 있다.

120 **송승환**
2003년 『문학동네』에 시, 2005년 『현대문학』에 평론이 당선되어 등단했다. 시집으로 『드라이아이스』『클로로포름』『당신이 있다면 당신이 있기를』이 있다.

121 **박세미**
2014년 서울신문 신춘문예를 통해 등단했다. 시집으로 『내가 나일 확률』이 있다.

122 **배영옥**
1999년 매일신문 신춘문예를 통해 등단했다. 시집으로 『뭇별이 총총』『백날을 함께 살고 일생이 갔다』가 있다.

123 **정끝별**
1988년 『문학사상』에 시, 1994년 동아일보 신춘문예에 평론이 당선되어 등단했다. 시집으로 『자작나무 내 인생』『흰 책』『삼천갑자 복사빛』『와락』『은는이가』『봄이고 첨이고 덤입니다』『모래는 뭐래』가 있다.

124 **황학주**
1987년 시집 『사람』을 출간하며 작품활동을 시작했다. 시집으로 『내가 드디어 하나님보다』『갈 수 없는 쓸쓸함』『늦게 가는 것으로 길을 삼는다』『너무나 얇은 생의 담요』『루시』『저녁의 연인들』『노랑꼬리 연』『某月某日의 별자리』『사랑할 때와 죽을 때』『사랑은 살려달라고 하는 일 아니겠나』가 있다.

125 **이은규**
2008년 동아일보 신춘문예를 통해 등단했다. 시집으로 『다정한 호칭』『오래 속삭여도 좋을 이야기』『무해한 복숭아』가 있다.

126 **정채원**
1996년 『문학사상』을 통해 등단했다. 시집으로 『나의 키로 건너는 강』『슬픈 갈릴레이의 마을』『일교차로 만든 집』『제 눈으로 제 등을 볼 순 없지만』『우기가 끝나면 주황물고기』가 있다.

127 **윤제림**
1987년 『문예중앙』을 통해 등단했다. 시집으로 『삼천리호 자전거』『미미의 집』『황천반점』『사랑을 놓치다』『그는 걸어서 온다』『새의 얼굴』『편지에는 그냥 잘 지낸다고 쓴다』가 있다.

128 **황규관**
1993년 제6회 전태일문학상을 수상하며 등단했다. 시집으로 『철산동 우체국』『물은 제 길을 간다』『패배는 나의 힘』『태풍을 기다리는 시간』『정오가 온다』『이번 차는 그냥 보내자』『호랑나비』가 있다.

129 **김형수**
1985년 『민중시 2』를 통해 등단했다. 시집으로 『애국의 계절』『가끔씩 쉬었다 간다는 것』『빗방울에 대한 추억』『가끔 이렇게 허깨비를 본다』가 있다.

130 **박시하**
2008년 『작가세계』를 통해 등단했다. 시집으로 『눈사람의 사회』『우리의 대화는 이런 것입니다』『무언가 주고받은 느낌입니다』『8월의 빛』이 있다.

131 **주민현**
2017년 한국경제 신춘문예를 통해 등단했다. 시집으로 『킬트, 그리고 퀼트』『멀리 가는 느낌이 좋아』가 있다.

132 **최현우**
2014년 조선일보 신춘문예를 통해 등단했다. 시집으로 『사람은 왜 만질 수 없는 날씨를 살게 되나요』가 있다.

133 **김참**
1995년 『문학사상』을 통해 등단했다. 시집으로 『시간이 멈추자 나는 날았다』『미로 여행』『그림자들』『빵집을 비추는 볼록거울』『그녀는 내 그림 속에서 그녀의 그림을 그려요』『초록 거미』가 있다.

134 **구현우**
2014년『문학동네』를 통해 등단했다. 시집으로『나의 9월은 너의 3월』『모든 에필로그가 나를 본다』가 있다.

135 **이원하**
2018년 한국일보 신춘문예를 통해 등단했다. 시집으로『제주에서 혼자 살고 술은 약해요』가 있다.

136 **조연호**
1994년 한국일보 신춘문예를 통해 등단했다. 시집으로『죽음에 이르는 계절』『저녁의 기원』『천문』『농경시』『암흑향』『유고(遺稿)』가 있다.

137 **채길우**
2013년『실천문학』을 통해 등단했다. 시집으로『매듭법』『측광』이 있다.

138 **이다희**
2017년 경향신문 신춘문예를 통해 등단했다. 시집으로『시 창작 스터디』가 있다.

139 **김경인**
2001년『문예중앙』을 통해 등단했다. 시집으로『한밤의 퀼트』『얘들아, 모든 이름을 사랑해』『일부러 틀리게 진심으로』가 있다.

140 **남진우**
1981년 동아일보 신춘문예에 시, 1983년 중앙일보 신춘문예에 평론이 당선되어 등단했다. 시집으로『깊은 곳에 그물을 드리우라』『죽은 자를 위한 기도』『타오르는 책』『새벽 세 시의 사자 한 마리』『사랑의 어두운 저편』『나는 어둡고 적막한 집에 홀로 있었다』가 있다.

141 **전영관**
2011년『작가세계』를 통해 등단했다. 시집으로『바람의 전입신고』『부르면 제일 먼저 돌아보는』『슬픔도 태도가 된다』『미소에서 꽃까지』가 있다.

142 안주철

2002년 『창작과비평』을 통해 등단했다. 시집으로 『다음 생에 할 일들』 『불안할 때만 나는 살아 있다』 『느낌은 멈추지 않는다』가 있다.

143 곽은영

2006년 동아일보 신춘문예를 통해 등단했다. 시집으로 『검은 고양이 흰 개』 『불한당들의 모험』 『관목들』이 있다.

144 김복희

2015년 한국일보 신춘문예를 통해 등단했다. 시집으로 『내가 사랑하는 나의 새 인간』 『희망은 사랑을 한다』 『스미기에 좋지』가 있다.

145 이병률

1995년 한국일보 신춘문예를 통해 등단했다. 시집으로 『당신은 어딘가로 가려 한다』 『바람의 사생활』 『찬란』 『눈사람 여관』 『바다는 잘 있습니다』 『이별이 오늘 만나자고 한다』가 있다.

146 김희준

2017년 『시인동네』를 통해 등단했다. 시집으로 『언니의 나라에선 누구도 시들지 않기 때문,』이 있다.

147 홍지호

2015년 『문학동네』를 통해 등단했다. 시집으로 『사람이 기도를 울게 하는 순서』가 있다.

148 김박은경

2002년 『시와반시』를 통해 등단했다. 시집으로 『온통 빨강이라니』 『중독』 『못 속에는 못 속이는 이야기』 『사람은 사랑의 기준』이 있다.

149 천수호

2003년 조선일보 신춘문예를 통해 등단했다. 시집으로 『아주 붉은 현기증』 『우울은 허밍』 『수건은 젖고 댄서는 마른다』가 있다.

150 강신애

1996년 『문학사상』을 통해 등단했다. 시집으로 『서랍이 있는 두 겹의 방』『불타는 기린』『당신을 꺼내도 되겠습니까』『어떤 사람이 물가에 집을 지을까』가 있다.

151 **이규리**
1994년『현대시학』을 통해 등단했다. 시집으로『앤디 워홀의 생각』『뒷모습』『최선은 그런 것이에요』『당신은 첫눈입니까』가 있다.

152 **장수양**
2017년『문예중앙』을 통해 등단했다. 시집으로『손을 잡으면 눈이 녹아』가 있다.

153 **황성희**
2005년『현대문학』을 통해 등단했다. 시집으로『앨리스네 집』『4를 지키려는 노력』『가차 없는 나의 촉법소녀』『눈물은 그러다가 흐른다』가 있다.

154 **김향지**
2013년『현대시학』을 통해 등단했다. 시집으로『얼굴이 얼굴을 켜는 음악』이 있다.

155 **서윤후**
2009년『현대시』를 통해 등단했다. 시집으로『어느 누구의 모든 동생』『휴가저택』『소소소小小小』『무한한 밤 홀로 미러볼 켜네』가 있다.

156 **장혜령**
2017년『문학동네』를 통해 등단했다. 시집으로『발이 없는 나의 여인은 노래한다』가 있다.

157 **박지웅**
2004년『시와사상』과 2005년 문화일보 신춘문예를 통해 등단했다. 시집으로『너의 반은 꽃이다』『구름과 집 사이를 걸었다』『빈 손가락에 나비가 앉았다』『나비가면』이 있다.

158 **신용목**
2000년『작가세계』를 통해 등단했다. 시집으로『그 바람을 다 걸어야 한다』『바람의 백만번째 어금니』『아무 날의 도시』『누군가가 누군가를 부르면 내가 돌아보았다』『나의 끝 거창』『비에 도착하는 사람들은 모두 제시간에 온다』가 있다.

159 **김기형**
2017년 동아일보 신춘문예를 통해 등단했다. 시집으로『저녁은 넓고 조용해 왜 노래를 부르지 않니』가 있다.

160 **이현승**
2002년『문예중앙』을 통해 등단했다. 시집으로『아이스크림과 늑대』『친애하는 사물들』『생활이라는 생각』『대답이고 부탁인 말』이 있다.

161 **김유태**
2018년『현대시』를 통해 등단했다. 시집으로『그 일 말고는 아무 일도 일어나지 않았다』가 있다.

162 **김현**
2009년『작가세계』를 통해 등단했다. 시집으로『글로리홀』『입술을 열면』『호시절』『낮의 해변에서 혼자』『다 먹을 때쯤 영원의 머리가 든 매운탕이 나온다』가 있다.

163 **이윤설**
2006년 조선일보와 세계일보 신춘문예를 통해 등단했다. 시집으로『누가 지금 내 생각을 하는가』가 있다.

164 **이동욱**
2007년 서울신문 신춘문예에 시, 2009년 동아일보 신춘문예에 단편소설이 당선되어 등단했다. 시집으로『나를 지나면 슬픔의 도시가 있고』가 있다.

165 **박세랑**
2018년『문학동네』를 통해 등단했다. 시집으로『뚱한 펭귄처럼 걸어가다 장대비 맞았어』가 있다.

166 이재훈
1998년 『현대시』를 통해 등단했다. 시집으로 『내 최초의 말이 사는 부족에 관한 보고서』 『명왕성 되다』 『벌레 신화』 『생물학적인 눈물』이 있다.

167 나희덕
1989년 중앙일보 신춘문예를 통해 등단했다. 시집으로 『뿌리에게』 『그 말이 잎을 물들였다』 『그곳이 멀지 않다』 『어두워진다는 것』 『사라진 손바닥』 『야생사과』 『말들이 돌아오는 시간』 『파일명 서정시』 『가능주의자』가 있다.

168 함기석
1992년 『작가세계』를 통해 등단했다. 시집으로 『국어선생은 달팽이』 『착란의 돌』 『뽈랑공원』 『오렌지 기하학』 『힐베르트 고양이 제로』 『디자인하우스 센텐스』 『음시』가 있다.

169 송재학
1986년 『세계의문학』을 통해 등단했다. 시집으로 『얼음시집』 『살레시오네 집』 『푸른빛과 싸우다』 『그가 내 얼굴을 만지네』 『기억들』 『진흙 얼굴』 『내간체(內簡體)를 얻다』 『날짜들』 『검은색』 『슬프다 풀 끗혜 이슬』 『아침이 부탁했다, 결혼식을』이 있다.

170 박판식
2001년 『동서문학』을 통해 등단했다. 시집으로 『나는 나와 어울리지 않는다』 『밤의 피치카토』 『나는 내 인생에 시원한 구멍을 내고 싶다』가 있다.

171 서효인
2006년 『시인세계』로 등단했다. 시집으로 『소년 파르티잔 행동 지침』 『백 년 동안의 세계대전』 『여수』 『나는 나를 사랑해서 나를 혐오하고』 『거기에는 없다』가 있다.

172 **조말선**
1998년 부산일보 신춘문예와 『현대시학』을 통해 등단했다. 시집으로 『매우 가벼운 담론』 『둥근 발작』 『재스민 향기는 어두운 두 개의 콧구멍을 지나서 탄생했다』 『이해할 수 없는 점이 마음에 듭니다』가 있다.

173 **이원석**
2020년 서울신문 신춘문예를 통해 등단했다. 시집으로 『엔딩과 랜딩』이 있다.

174 **정재학**
1996년 『작가세계』를 통해 등단했다. 시집으로 『어머니가 촛불로 밥을 지으신다』 『광대 소녀의 거꾸로 도는 지구』 『모음들이 쏟아진다』 『아빠가 시인인 건 아는데 시가 뭐야?』가 있다.

175 **박승열**
2018년 『현대시』를 통해 등단했다. 시집으로 『감자가 나를 보고 있었다』가 있다.

176 **주하림**
2009년 『창작과비평』을 통해 등단했다. 시집으로 『비벌리힐스의 포르노 배우와 유령들』 『여름 키코』가 있다.

177 **황유원**
2013년 『문학동네』를 통해 등단했다. 시집으로 『세상의 모든 최대화』 『이 왕관이 나는 마음에 드네』 『초자연적 3D 프린팅』이 있다.

178 **정화진**
1986년 『세계의문학』을 통해 등단했다. 시집으로 『장마는 아이들을 눈뜨게 하고』 『고요한 동백을 품은 바다가 있다』 『끝없는 폭설 위에 몇 개의 이가 또 빠지다』가 있다.

179 **김명리**
1983년 『현대문학』을 통해 등단했다. 시집으로 『물 속의 아틀라스』 『물보다 낮은 집』 『적멸의 즐거움』 『불멸의 샘이 여기 있다』 『제비꽃

꽃잎 속』『바람 불고 고요한』이 있다.

180 손택수
1998년 한국일보 신춘문예를 통해 등단했다. 시집으로 『호랑이 발자국』『목련 전차』『나무의 수사학』『떠도는 먼지들이 빛난다』『붉은 빛이 여전합니까』『어떤 슬픔은 함께할 수 없다』가 있다.

181 허은실
2010년 『실천문학』을 통해 등단했다. 시집으로 『나는 잠깐 설웁다』『회복기』가 있다.

182 심언주
2004년 『현대시학』을 통해 등단했다. 시집으로 『4월아, 미안하다』『비는 염소를 몰고 올 수 있을까』『처음인 양』이 있다.

183 김상미
1990년 『작가세계』를 통해 등단했다. 시집으로 『모자는 인간을 만든다』『검은, 소나기떼』『잡히지 않는 나비』『우린 아무 관계도 아니에요』『갈수록 자연이 되어가는 여자』가 있다.

184 고명재
2020년 조선일보 신춘문예를 통해 등단했다. 시집으로 『우리가 키스할 때 눈을 감는 건』이 있다.

185 장옥관
1987년 『세계의문학』을 통해 등단했다. 시집으로 『황금 연못』『바퀴소리를 듣는다』『하늘 우물』『달과 뱀과 짧은 이야기』『그 겨울 나는 북벽에서 살았다』『사람이 없었다고 한다』가 있다.

186 양안다
2014년 『현대문학』을 통해 등단했다. 시집으로 『작은 미래의 책』『백야의 소문으로 영원히』『세계의 끝에서 우리는』『숲의 소실점을 향해』『천사를 거부하는 우울한 연인에게』가 있다.

187 **안미옥**

2012년 동아일보 신춘문예를 통해 등단했다. 시집으로 『온』 『힌트 없음』 『저는 많이 보고 있어요』가 있다.

188 **육호수**

2016년 대산대학문학상에 시, 2022년 세계일보 신춘문예에 평론이 당선되어 등단했다. 시집으로 『나는 오늘 혼자 바다에 갈 수 있어요』 『영원 금지 소년 금지 천사 금지』가 있다.

189 **이덕규**

1998년 『현대시학』을 통해 등단했다. 시집으로 『다국적 구름공장 안을 엿보다』 『밥그릇 경전』 『놈이었습니다』 『오직 사람 아닌 것』이 있다.

190 **김개미**

2005년 『시와반시』에 시, 2010년 『창비어린이』에 동시가 당선되어 등단했다. 시집으로 『앵무새 재우기』 『자면서도 다 듣는 애인아』 『악마는 어디서 게으름을 피우는가』 『작은 신』이 있다.

191 **김용택**

1982년 『꺼지지 않는 횃불로』를 출간하며 작품활동을 시작했다. 시집으로 『섬진강』 『맑은 날』 『누이야 날이 저문다』 『꽃산 가는 길』 『강 같은 세월』 『그 여자네 집』 『나무』 『그래서 당신』 『수양버들』 『속눈썹』 『키스를 원하지 않는 입술』 『울고 들어온 너에게』 『나비가 숨은 어린나무』 『모두가 첫날처럼』이 있다.

192 **김상혁**

2009년 『세계의문학』을 통해 등단했다. 시집으로 『이 집에서 슬픔은 안 된다』 『다만 이야기가 남았네』 『슬픔 비슷한 것은 눈물이 되지 않는 시간』 『우리 둘에게 큰일은 일어나지 않는다』가 있다.

193 **김은지**

2016년 『실천문학』을 통해 등단했다. 시집으로 『책방에서 빗소리를 들었다』 『고구마와 고마워는 두 글자나 같네』 『여름 외투』가 있다.

194 **황인찬**

2010년 『현대문학』을 통해 등단했다. 시집으로 『구관조 씻기기』 『희지의 세계』 『사랑을 위한 되풀이』 『여기까지가 미래입니다』 『이걸 내 마음이라고 하자』가 있다.

195 **백은선**

2012년 『문학과사회』를 통해 등단했다. 시집으로 『가능세계』 『아무도 기억하지 못하는 장면들로 만들어진 필름』 『도움받는 기분』 『상자를 열지 않는 사람』이 있다.

196 **정영효**

2009년 서울신문 신춘문예를 통해 등단했다. 시집으로 『계속 열리는 믿음』 『날씨가 되기 전까지 안개는 자유로웠고』가 있다.

197 **문보영**

2016년 중앙신인문학상을 통해 등단했다. 시집으로 『책기둥』 『배틀그라운드』 『모래비가 내리는 모래 서점』이 있다.

198 **천서봉**

2005년 『작가세계』를 통해 등단했다. 시집으로 『서봉氏의 가방』 『수요일은 어리고 금요일은 너무 늙어』가 있다.

199 **한연희**

2016년 『창작과비평』을 통해 등단했다. 시집으로 『폭설이었다 그다음은』 『희귀종 눈물귀신버섯』이 있다.

문학동네시인선 001~199 시인의 말 모음집
내가 아직 쓰지 않은 것

1판 1쇄 2023년 10월 16일
1판 3쇄 2024년 11월 29일

지은이 | 최승호 외
책임편집 | 강윤정
디자인 | 수류산방(樹流山房)
본문 디자인 | 유현아
저작권 | 박지영 형소진 최은진 오서영
마케팅 | 정민호 서지화 한민아 이민경 왕지경 정유진 정경주 김수인 김혜원 김예진
브랜딩 | 함유지 함근아 박민재 김희숙 이송이 김하연 박다솔 조다현 배진성
제작 | 강신은 김동욱 이순호
제작처 | 영신사

펴낸곳 | (주)문학동네
펴낸이 | 김소영
출판등록 | 1993년 10월 22일 제2003-000045호
주소 | 10881 경기도 파주시 회동길 210
전자우편 | editor@munhak.com
대표전화 | 031) 955-8888 팩스 | 031) 955-8855
문의전화 | 031) 955-2696(마케팅), 031) 955-2678(편집)
문학동네카페 | http://cafe.naver.com/mhdn
인스타그램 | @munhakdongne 트위터 | @munhakdongne
북클럽문학동네 | http://bookclubmunhak.com

ISBN 978-89-546-9881-8 03810

잘못된 책은 구입하신 서점에서 교환해드립니다.
기타 교환 문의: 031) 955-2661, 3580

www.munhak.com

문학동네